सपना सिंह

जन्म – 21 जून, 1969, गोरखपुर, उ.प्र.

शिक्षा – एमए (हिन्दी, इतिहास)

कहानी संग्रह – 'उम्र जितना लम्बा प्यार', 'बनते बिगड़ते तिलिस्म', 'चाकर राखो जी', 'अपनी-सी रंग दीन्ही'

उपन्यास – 'तपते जेठ में गुलमोहर जैसा', 'धर्म हत्या', 'वार्ड नंबर सोलह इलाहाबाद रोड'

पुरस्कार – 'मध्यप्रदेश साहित्य सम्मेलन का वागीश्वरी पुरस्कार', 'कमल टिक्कू पुरस्कार', 'दैनिक भास्कर पुरस्कार'

AF436145

अनंत में अंत

सपना सिंह

प्रथम संस्करण: 2023

ISBN: 979-8-88959-639-4

© सपना सिंह

मूल्य: ₹165/-

प्रकाशक: प्रतिबिम्ब, नोशन प्रेस का उपक्रम

संपर्क: नोशन प्रेस,

7, मांटिएथ रोड

एग्मोरे, चेन्नई, तमिलनाडु — 600008

Anant Mein Ant

Novel by Sapna Singh

समर्पण

सदी की इस भयानकतम त्रासदी, कोरोना वायरस से जूझते हुए विश्व के हर कोने के हर उस मनुष्य को समर्पित, जिन्होंने अदम्य साहस और करुणा के साथ अपनी संवेदना के फाहे छटपटाती मानवता के हृदय पर रखे। हाहाकारों के बीच भलमनसाहत को बचा लेनेवाले, मनुष्यता पर भरोसा जगानेवाले सभी हृदयों को समर्पित।

मनुष्य बचा रहेगा। बची रहेगी करुणा। बचा रहेगा प्रेम। बची रहेगी आस्था। और बची रहेगी यह पृथ्वी अनंतकाल तक।

– सपना सिंह

Survival of the fittest is a phrase that originated from Darwinian evolutionary theory to describe natural selection. The phrase is best understood as 'Survival of the form that will leave the most copies of itself in successive generations.'

– Charles Darwin

'This survival of the fittest, is that which Mr. Darwin has called 'natural selection', or the preservation of favored races in the struggle for life.'

– Herbert Spencer

सर्वाइवल ऑफ़ द फ़िटेस्ट! पिछले दिनों बार-बार चार्ल्स डार्विन का यह क़ोट दोहराया गया। इस महामारी में वही बचेगा, जो फ़िट होगा। कैसी फ़िटनेस? सिर्फ शारीरिक? कितने तो शारीरिक रूप से फ़िट लोग चले गए क्योंकि वे मन से कमज़ोर थे याकि अस्पतालों के ख़र्चे मैनेज नहीं कर पाए। फ़िट की असल परिभाषा इस महामारी ने समझा दी। तन, मन, धन तीनों की पर्याप्त मात्रा ही किसी को फ़िट बनाती है। वही इस दुनिया में बचेगा। पर कब तक बचेगा? एक अंत तो तय है। पशु, पक्षी, कीट-पतंगे, वनस्पतियां और मनुष्य जीवन सबका।

किसी जादूगर के मायाजाल-सी फैली यह दुनिया भी तो अपनी एक उम्र लेकर ही आई है। कोई एक दिन इसका भी तय है अनंत में विलीन हो जाने को...

भाग 1

2017-18-19 के वर्षों के किन्हीं महीनों की किन्हीं तारीख़ों में दर्ज हुआ समय।

राजीव कुमार राव। उम्र लगभग पचपन वर्ष। देश की अग्रणी कंपनी के मैनेजिंग डायरेक्टर। यह ऐसी कंपनी थी, जो साबुन, तेल, चाय, नमक से लेकर लोहा, बिजली और मकान भी बनाती थी। स्वतंत्रता के बाद देश का सबसे इज़्ज़तदार औद्यौगिक घराना।

थोड़ा-सा परिचित हो लेते हैं राजीव कुमार जी से। आईआईटी कानपुर से मैकेनिकल इंजीनियरिंग की डिग्री लेने के बाद से राजीव कुमार इसी कंपनी में जमे थे और शुरुआती इक्कीस वर्षों तक इस कंपनी के नाम के शहर में ही इनका आशियाना था। दुनिया में ऐसे लोग बहुत कम मात्रा में होते हैं, जो होश संभालने के साथ ही बाहोश अपने जीवन की रूपरेखा बाक़ायदा एक दसवर्षीय योजना बनाकर तय करते हैं और फिर पूरी ज़िंदगी इस योजना पर अमल करते हुए सफलतापूर्वक शांति के साथ जीवन जीते हैं। जैसे अगले दस वर्षों तक एकाग्रता से पढ़ाई और करियर पर फ़ोकस। जीवन के पच्चीसवें वर्ष में विवाह। अगले तीन-चार वर्षों में दो बच्चों के माता-पिता बन जाना ताकि अगले पच्चीस वर्षों में बच्चे सैटल हो जाएं, समय पर उनका विवाह हो जाए और रिटायरमेंट तक वह अपनी सभी ज़िम्मेदारियों से निवृत्त होकर शांत जीवन का आनंद लें। अद्भुत बात यह है कि नियति भी उनकी योजनाओं का साथ देती है और उनकी समस्त योजनाओं को उनके तयशुदा वक़्त पर पूरा कर देती है। समय के साथ इन्होंने देश-विदेश से कुछ और डिग्रियां हासिल कीं और कंपनी में अपना क़द बढ़ाते रहे। कंपनी ने जब ऊर्जा के क्षेत्र में अपने क़दम रखे और अपना ऑफ़िस दिल्ली में खोला, तो इन्हें उसका हेड बनाकर दिल्ली भेज दिया गया। यह परिवार सहित दिल्ली शिफ़्ट हुए। दो साल बाद मुम्बई। शानदार करियर, ख़ूबसूरत और ज़हीन पत्नी, दो समझदार और लायक बेटे। जीवन में सारी सुख-सुविधा। हर चीज़ ज़रूरत से बहुत ज़्यादा। फ़िलहाल इन्हीं राजीव कुमार को हमारी इस कहानी का नायक मान लेते हैं। वैसे न मानने में भी कोई हर्ज नहीं। कोई ज़रूरी नहीं कि हर कथा का कोई नायक हो

ही। पाठक को पूरी छूट रहनी चाहिए कि वह कथा के तमाम पात्रों में अपनी पसंद और अपने विवेक से अपना नायक चुन ले। बहरहाल दृश्य एक डेस्टिनेशन वेडिंग का है और इन्हीं राजीव कुमार के बड़े बेटे की शादी होने जा रही है।

यह एक हाई प्रोफ़ाइल शादी थी। शादी की तैयारी का सारा इंतज़ाम प्रोफ़ेशनल वेडिंग प्लानर को सौंपा गया था। पूरा परिवार जुटा हुआ था। सारे क़रीबी, रिश्तेदार, दोस्त, कलीग्स, कंपनी के बड़े नाम, नेता, अभिनेता सब ओर ड्राई फ़्रूट्स की ख़ूबसूरत पैकिंग के साथ अटैच आमंत्रण पहुंच चुका था। छोटा भाई समर बेंगलुरु से सपरिवार आ चुका था। शहर के दो होटल बुक थे। एक में लड़कीवाले और दूसरे में लड़केवाले। संगीत, हल्दी, मेहंदी सेरेमनी के साथ तिलक और शादी को लेकर कार्यक्रम के लिए कुल दो दिन तय थे और ये सारे कार्यक्रम शहर से दूर एक फ़ाइव स्टार रिज़ॉर्ट में होने थे। राजीव कुमार का एक ही सपना था, बेटे की शादी इतनी शान से करें कि बरसोबरस लोगों को याद रहे। फ़िलहाल वह सारी तैयारियां बड़े गर्व से देख रहे थे और काफ़ी कुछ संतुष्ट भी थे। सब कुछ उनके मन मुताबिक़ हो रहा था। आख़िर बड़े बेटे का विवाह था, कोई कमी क्यों रहे।

भाग्य से ये नए रिश्तेदार भी बहुत अच्छे मिले। बेटे के विवाह को लेकर कितनी तो चिंता थी पति-पत्नी को। वैसे इस संबंध से संबंधित सारा कुछ उन्होंने पत्नी पर छोड़ा हुआ था। पत्नी का प्रभाव ही उनके बेटों पर था। घर के सारे मैटर वही हैंडल करती थीं। उन्हें तो अपने काम से ही फ़ुर्सत नहीं मिलती। कंपनी हेड होने के चलते पिछले पांच वर्षों से तो उनकी यात्राएं इतनी बढ़ गई हैं कि कभी-कभी तो वह घर पर सिर्फ सूटकेस रखने और दूसरा सूटकेस उठाने ही आते हैं। लिहाजा घर से संबंधित फ़ैसले पत्नी ही लेती रही थीं अब तक।

बेटे भी लायक निकले थे। बड़ा बेटा देश के ही प्रतिष्ठित संस्थान से बीटेक करने के बाद फ्रांस के किसी शहर के किसी कॉलेज से मास्टर्स करके दो वर्ष अच्छे पैकेज पर नौकरी करने के बाद अब दिल्ली में अपना बिज़नेस स्टैबलिश कर चुका था। छोटा बेटा फ़िलहाल अमेरिका में था। पत्नी सुमेधा भी काफ़ी पढ़ी-लिखी थीं। जिस भी मेट्रोपॉलिटन शहर में राजीव कुमार का स्थानान्तरण होता, वहां किसी भी बड़ी कंपनी में उन्हें डायटीशियन की जॉब मिल जाती।

राजीव कुमार बेहद प्रैक्टिकल आदमी थे। कड़ी मेहनत में विश्वास रखते थे। बाप-दादाओं ने कभी कोई नौकरी नहीं की। उनकी पीढ़ी में सारे खानदान में सिर्फ वही तीनों भाई-बहन नौकरी में थे। बड़ी दिद्दा मृणाल ने मेडिकल और छोटे भाई समर ने भी आईआईटी रुड़की से सिविल इंजीनियरिंग की पढ़ाई की

और आगे की पढ़ाई के लिए विदेश चला गया था। सिर्फ अपने परिवार में ही नहीं, दूर-दराज के रिश्तेदार भी अपने बच्चों को इन तीनों का अनुसरण करने का लेक्चर पिलाते रहते थे।

शादी की सारी तैयारियां हो गई थीं और आज हल्दी की रस्म होनी थी। हर तरफ़ पीले रंग की बहार थी। होटल के लॉन में पीले रंग का शामियाना लगाया गया था। गेंदे के फूलों से सारी सजावट की गई थी। सारे पुरुष और स्त्रियों ने पीले वस्त्र धारण किए थे। स्वयं राजीव कुमार ने पीले रंग का कुर्ता पहना था, पत्नी सुमेधा ने पीली कांजीवरम पहनी थी। होनेवाली बहू ने पीला पंजाबी स्लीवलेस सूट पहना था और आजकल के चलन के अनुरूप फूलों से बनी ज्वेलरी भी पहनी थी। उसके चेहरे पर नूर बरस रहा था। चारों ओर उल्लास का माहौल था। दो मंडप बने थे। एक लड़केवालों के लिए, दूसरा लड़कीवालों के लिए, जिससे दोनों तरफ़ के लोगों को सहूलियत हो और सभी शामिल रहें। आजकल ज़्यादातर हाई प्रोफ़ाइल शादियां ऐसे ही अरेंज की जाती थीं, बाक़ायदा वेडिंग प्लानर की देख-रेख में। राजीव कुमार और उनके होनेवाले समधी के पास पैसे की कोई कमी नहीं थी। दोनों को अपनी शान-ओ-शौक़त का प्रदर्शन करना था, तो सब कुछ ग्रैंड तरीक़े से किया जा रहा था।

दुल्हन अवनि मंडप में आ गई थी। उसके परिवार की भाभियां, दीदियां, चाचियां, मामियां उसे हल्दी लगाने की तैयारी में थीं। दूल्हे अरुज की तरफ़ भी सभी तैयार होकर दूसरे मंडप के इर्द-गिर्द जुट गए थे। फ़ोटोग्राफ़र्स की पूरी टीम तैयार थी। ड्रोन कैमरे भी रिमोट का एक बटन दबाने से उड़ने को तैयार बैठे थे। आजकल शादियों की हर एक रस्म को शानदार तरीक़े से फ़ोटोग्राफ़र कैप्चर करते। कभी तो कुछ दर्शकों की बाक़ायदा रिहर्सल भी होती। पांच महीने पहले हुई सगाई में परिवार के सभी सदस्यों ने जो म्यूज़िकल परफॉर्मेंस दी थी, उसका महीना भर रिहर्सल हुआ था। आज शाम को होनेवाले संगीत और कॉकटेल पार्टी के लिए भी सब ने रिहर्सल किया है। स्वयं राजीव कुमार भी पत्नी के साथ कुछ नए-पुराने गानों पर परफ़ॉर्म करेंगे। रिहर्सल के लिए कितनी मुश्किल से वह कोरियोग्राफ़र को समय दे पाते थे। उनके दिमाग़ में शाम की पार्टी को लेकर सोच-विचार चल रहा था। तभी बेटा अरुज आता दिखा।

अरे, यह अभी तैयार नहीं हुआ... जींस-टीशर्ट में ही है... कुर्ता-पाजामा पहनना था इसे वाइट चिकनकारी का।

अरुज बिना उन्हें देखे लड़कीवालों के मंडप की ओर बढ़ गया। इधर के झुंड में थोड़ी हलचल-सी हुई –

'यह अरुज उधर किसलिए जा रहा? और यह लड़की से क्या बात कर रहा?'

अवनि मंडप से उठकर कुछ न समझने के अंदाज़ में उसके साथ पीछे बने होटल के कमरों में से एक में दाख़िल हो रही है। राजीव कुमार, उनकी पत्नी सुमेधा, भाई समर और उसकी पत्नी नीला प्रश्नवाचक चेहरे लिए लड़कीवालों की तरफ़ बढ़े। कुछ क़रीबी रिश्तेदार भी उनके साथ कुछ क़दम चले। फिर यह सोचकर इधर ही रुक गए कि फ़ैमिली मैटर में उनका पड़ना ठीक नहीं होगा। वहां भी किसी को कुछ नहीं पता था। अचानक दुल्हे को रस्में छोड़कर इधर आते देख वे भी हैरान थे। उसके चेहरे पर गंभीरता थी, जो इस माहौल में एकदम अनुपयुक्त लग रही थी। फिर लड़की को अपने साथ कमरे में लेकर जाना। क्या बात है, किसी को कुछ समझ नहीं आ रहा। हर कोई बेचैनी से कमरे के बंद दरवाज़े को देख रहा था। क्या बातें कर रहे होंगे दोनों? अरे, सात महीने पहले सगाई हो चुकी है, कितना समय तो मिला बतियाने का। फिर क्या बच गया था, जिसे अभी डिस्कस करना ज़रूरी था?

. . .

'बैठो...' कमरे का दरवाज़ा बंद करते हुए अरुज ने अवनि से कहा। अवनि कुछ न समझ पाने के भाव के साथ कुर्सी पर बैठ गई।

'अरुज, क्या बात है? कोई परेशानी है?' अवनि को अरुज का गंभीर चेहरा देखकर घबराहट हो रही थी।

अरुज सामने बेड पर बैठ गया। सिर झुकाए सोच में डूबा। अवनि ने उसके दोनों हाथ पकड़कर हिला दिए – 'प्लीज़ अरुज, कुछ कहो। मुझे बहुत घबराहट हो रही है।'

'अवनि...आई...एम...सॉरी। पता नहीं, तुम कैसे रिएक्ट करोगी मेरी बात सुनकर...'

'ओह! कुछ कहो तो...' अवनि की आवाज़ मे किंचित चिढ़-सी उतर आई थी।

'मैं...तुमसे शादी नहीं कर रहा...' अवनि की आंखों में देखते हुए एकदम दृण स्वर में अरुज ने कह दिया। अवनि चौंककर खड़ी हो गई।

'आर यू मैड?' कहते हुए उसकी आवाज़ टूट-सी गई – 'कोई मज़ाक़ है क्या?'

'प्लीज़ अवनि! बिहेव। बी ए मैच्योर। हम ख़ुश नही रहेंगे साथ में। मैं किसी और को प्यार करता हूँ।' अरुज ने अवनि को कंधे से पकड़कर शांत करने की कोशिश करते हुए कहा। अवनि ने झटके के साथ अपने कंधे से उसके हाथ हटाए और ग़ुस्से से अपने फूलों के जेवर नोचने लगी।

'तुम्हें सगाई के सात महीने बाद याद आया कि तुम किसी को प्यार करते हो... हाउ फ़नी?' अवनि का गुस्से से बुरा हाल था।

'मैं उसे खो चुका था। अभी पांच-महीने पहले मिले हम। प्लीज़ तुम सुनो तो! मै तुम्हें सब बताता हूँ...'

'शट्अप! मुझे तुम्हारी लव स्टोरी सुनने मे कोई इंटेरेस्ट नहीं है।' अवनि रुआंसी हो गई।

'देखो अवनि, मैंने बहुत सोचा। हम दोनों के लिए यही ठीक होगा। मैं तुमसे एक दोस्त की तरह सहयोग की अपेक्षा कर रहा हूँ। इस तरह बिहेव करके तुम मुझे गिल्ट में डाल रही।'

'हद है अरुज, इस सबके बाद तुम मुझसे कूल होने की अपेक्षा कर रहे। मेरी पूरी लाइफ़ स्पॉयल हो जाएगी।' अवनि का दिमाग़ सांय-सांय करने लगा।

'इस तरह मत सोचो अवनि। सोचो तो बिना प्रेम की शादी में क्या हम ख़ुश रहते!'

'क्या बकवास है? तुम्हें लव मैरिज करनी थी, तो यह सब क्यों...?' अवनि का गुस्सा बढ़ता जा रहा था।

'मै बता तो रहा था तुम्हें, वर्षों से मेरा उससे कोई राब्ता नहीं था। कुछ समय पहले ही मिले हम।' अरुज का स्वर कातर हो गया। उसे समझ नहीं आ रहा था, कैसे समझाए अवनि को।

अवनि चुपचाप सुन रही थी। अब उसका दिमाग़ थोड़ा-सा शांत हो रहा था।

'उसकी शादी हो चुकी थी। मैं भी उसको भुला चुका था। पर अभी कुछ दिन पहले हमारी मुलाक़ात हुई। मुझे महसूस हुआ, मैं उसे नहीं भूल सकता ज़िंदगी भर। वही हाल उसका भी है।'

'अरुज, तुम्हें पता भी है, तुम क्या कह रहे? तुम एक शादीशुदा लड़की की ज़िंदगी बर्बाद करने की सोच रहे। तुमने कैसे सोच लिया, वह अब भी तुम्हें चाहती

है। लड़कियों की ज़िंदगी शादी के बाद बदल जाती है। उनके लिए उनका परिवार सबसे बढ़कर होता है।'

'शायद तुम ठीक कह रही होओ, पर अब उसका परिवार वह और उसका डेढ़ साल का बेटा है।'

अवनि का मुंह आश्चर्य से खुला रह गया, 'और तुम उससे शादी करने की सोच रहे हो? अंकल-आंटी सारी ज़िंदगी नहीं मानेंगे।'

'जानता हूँ, मानेगी तो सुजाता भी नहीं, पर मैं कोशिश करूंगा। पर पहले मुझे इस सबसे बाहर आना है। और सब तो मैनेज हो जाएगा। बाक़ी सबकी बातें लानतें, गुस्सा सबकुछ झेलने का हौसला है, पर तुम्हारे लिए गिल्ट है।'

अवनि सोच में डूबी थी। अरुज उसे बहुत पसंद था। सीधा-सच्चा इंसान। जीवन उसके साथ अच्छा गुज़रता, इसमें कोई शक नहीं। पर अब इस हालात में यह कैसे मुमकिन है!

'अवनि, चुप क्यों हो? मुझे तुम्हारी मदद चाहिए।' अरुज परेशान-सा बोला।

'मदद? मैं तुम्हारी क्या मदद कर सकती हूँ? मैं तो यह सोचकर परेशान हूँ कि अपने घरवालों को कैसे संभालूंगी? तुमने बहुत बुरा किया है अरुज।'

अवनि का मन हो रहा था, अरुज को झिंझोड़ दे। अभी कुछ समय पहले तक यह व्यक्ति कितना अपना-सा लग रहा था। सारी ज़िंदगी इसके साथ बितानेवाली थी वह। बताओ तो, हनीमून के लिए यूरोप की टिकटें तक बुक थीं उनकी। एक बच्चे की माँ के लिए यह आदमी सब चौपट करने पर तुला है। कॉलेज लाइफ़ में ऐसे इमोशनल एक्सिडेंट होते ही हैं। उन्हें जीवन भर कौन ढोता है?

उसे याद आ गया, दीपांश। गहरी आंखें और ठहरी आवाज़, लम्बा और गठीला शरीर। पढ़ाई में ज़हीन, ब्राइट फ़्यूचर था उसका। हाँ, पारिवारिक पृष्ठभूमि सामान्य थी। पिता किसी सरकारी दफ़्तर में क्लर्क थे। दो भाई ही थे सिर्फ। छोटे भाई से भी मिल चुकी थी वह। वह भी ज़हीन था, यूपीएससी की तैयारी कर रहा था। उसका और दीपांश का पांच साल का साथ था। वे एक साथ ख़ूब कम्फ़र्टेबल थे। वह उसमें अपना जीवनसाथी देखने लगी थी। पर घर में बताने पर रिएक्शन पॉज़िटिव नहीं था। पापा ने शब्दों को चबाते हुए लगभग गुर्राती आवाज़ में कहा था – 'मिस अवनि, तुम्हें परिवार के रेप्युटेशन का कुछ ख़याल है? तुम ऐसा सोच भी कैसे सकती हो?'

वह जानती थी, पापा उसके लिए अपने लेवल का खानदान देख रहे। लड़का अच्छी नौकरी करता हो, सिर्फ यह ही काफ़ी नहीं था। लड़के के माता-पिता, उसका पूरा खानदान, उनके स्टैंडर्ड से मैच होना चाहिए। उसने कई महीने तक घर में अबोला रखा। फिर मम्मी ने उसे समझाया था – 'शादी सिर्फ प्रेम से नहीं चलती, तुम्हें जैसे रहने की आदत है, तुम एडजस्ट नहीं कर पाओगी। बहुत सोचने पर उसे समझ आ गया था, मम्मी-पापा से बेहतर उसके लिए कोई और नहीं सोच सकता। दीपांश से मिलना-जुलना उसने कम कर दिया। दीपांश ने उससे कोई स्पष्टीकरण नहीं मांगा, अपना ट्रांसफ़र बेंगलुरु ऑफ़िस में करा लिया। पिछले डेढ़ वर्ष से उसे उसकी कोई ख़बर नहीं। और अरुज से रिश्ता तय होने के बाद तो वह कभी उसे भूल से भी याद नहीं करती थी। पर, आज उसे जाने क्यों दीपांश की बड़ी ज़ोर से याद आ रही है। जी चाह रहा, अभी कहीं वह उसे मिल जाए और उसके सीने में छुपकर वह रो पड़े।

· · ·

बाहर बेचैनी से पहलू बदलनेवालों में राजीव कुमार के भाई समर भी थे। कभी वह सबके चेहरों पर नज़र डालते, कभी दोनों हाथ आपस में रगड़ने लगते। उनकी पत्नी नीला भी बेचैन थी। समर थोड़ी दूर पेड़ के नीचे रखी कुर्सियों में से एक पर बैठ गए। नीला की नज़र उन पर ही थी। उन्हें बैठा देख उसने अपनी नज़र उन पर से हटा ली और मौजूदा वाक़ये के साथ स्वयं को पूरी तरह सम्पृक्त दिखाने की कोशिश में जुट गई। समर ने एक सिगरेट जलाया और सोच में डूब गया।

– क्या कभी नीला के हृदय का कांटा निकलेगा? क्या कभी उनकी ज़िंदगी पूर्ववत हो पाएगी? एक छोटी-सी असावधानी की कितनी बड़ी क़ीमत चुकानी पड़ रही है। तीस साल का रिश्ता दांव पर लग गया। बेटे की शादी का शानदार आयोजन उसकी ज़रा-सी लापरवाही से हमेशा के लिए एक कचोट भरी याद बन गया है। वह तो भला हो नीला का, उसने घरवालों के सामने कोई तमाशा नहीं खड़ा किया था।

साल भर पहले का वह दिन। बेटे की शादी की सुबह थी। बहुत सारे लोगों से भरा घर था। मोबाइल पर ध्यान ही नहीं था उसका। पिछले कुछ महीनों से उसकी व्यस्तताएं बहुत बढ़ गई थीं। उसके भी मैसेज कम हो गए थे। अक्सर वह विज़िटर प्रोफ़ेसर के तौर पर भारत और विदेशों के अलग-अलग कॉलेज में बुलाया जाता था। उसकी यात्राओं की फ़्रीक्वेंसी बढ़ गई थी। जब भी वह यात्रा के लिए घर से

बाहर निकलता, एक छोटा-सा टेक्स्ट कर देता। कभी वह फ़ोन करती, तो सिर्फ – 'हाँ.... कैसी हो? कैसा चल रहा सब?' इतनी ही बात बस। कभी कोई वीडियो उसे पसंद आता, वह उसे वॉट्सऐप कर देता। वह भी करती, कभी किसी पुराने गाने का, कभी कोई शायरी।

रंजिश ही सही दिल ही दुखाने लिए आ
आ फिर से मुझे छोड़ के जाने के लिए आ।

कितनी मर्तबा यह ग़ज़ल उसने उन्हें कितने तरीक़ों से भेजी थी, उसकी गिनती याद नहीं। पिछले नौ बरसों में जब से वह उसकी ज़िंदगी मे दुबारा दाख़िल हुई है, वे मात्र पाँच बार मिले, जबकि वह हर वर्ष सपरिवार पंद्रह दिन के लिए भारत आता था और अब तो पिछले चार सालों से बेंगलुरु में ही सेटल्ड है। पर हर बार कहां मिल पाया? परिवार और काम के बीच से समय निकालना कहां मुमकिन! उसका भी अपना एनजीओ का काम। हमेशा दूसरों की समस्याओं में अपने को भूली-सी। सिर्फ पाँच मुलाक़ातें। हर मुलाक़ात में फराज़ की यह नज़्म उसके मुंह से सुनी है। वे पाँच मुलाक़ातें, पाँच स्टिल दृश्यों की तरह खुबी हैं जेहन में।

– पहली बार, होटल के कमरे में बेड पर है वे दोनों... होटल के कंबल के भीतर अपने नग्न जिस्म को लपेटे। उनकी बाँहें उसके गिर्द लिपटी हुई और उसका सिर उनके सीने पर टिका हुआ। भीगी नम आवाज़ और आंखों से बह रहे आंसू। फराज़ का जादू –

...कुछ तो मेरे पिंदार-ए-मुहब्बत का भरम रख
तू भी तो कभी मुझ को मनाने के लिए आ।

वह उसके बालों में हाथ फिराता है, उंगलियों पर, गालों पर बहे आंसू का गीलापन महसूस हो रहा।

...पहले से मरासिम न सही फिर भी कभी तो
रस्म-ओ-रह-ए-दुनिया ही निभाने के लिए आ।

वह बेचैनी से भरकर उसे अपनी बाँहों मे भींच लेता है। उसके चेहरे से आंसू पोछते, उसके होंठों को चूमते उसे बहुत कुछ कहना है, पर मुलाक़ात की संक्षिप्तता इसकी मोहलत कहां देती।

दूसरी बार, दूसरा शहर, दूसरा होटल! वही संक्षिप्त-सी मुलाक़ात। वह बेड पर बैठी है, वह ज़मीन पर बैठा है अपना सिर उसकी गोद में दिए हुए। उसके होंठों पर फिर से फराज़ हैं –

किस-किस को बताएंगे जुदाई का सबब हम
तू मुझसे ख़फ़ा है तो ज़माने के लिए आ।
इक उम्र से हूँ लज़्ज़त-ए-गिरिया से भी महरूम
ऐ राहत-ए-जाँ मुझ को रुलाने के लिए आ।

उसके हाथों की उंगलियों को अपने हाथों में भींचते वक़्त उसके पास उसे देने के लिए राहत का कोई शब्द नहीं।

तीसरी, चौथी, पाँचवी मुलाक़ातों में भी शहर अलग रहे, पर हर मुलाक़ात में फराज़ अपनी इस नज़्म के साथ मौजूद थे उनके दरमियान।

अब तक दिल-ए-ख़ुश-फ़हम को तुझसे हैं उम्मीदें
ये आख़िरी शमएँ भी बुझाने के लिए आ।

पिछले ग्यारह सालों में बस पाँच मुलाक़ातें। कुछ मैसेज का रिश्ता। कोई क़रार, कोई इकरारनामा नहीं। दोनों दो अलग दुनिया के बाशिंदे, पर एक नामालूम-सी डोर से जुड़े हुए। दोनों का एक-दूसरे पर कोई ज़ोर नहीं। ग्यारह वर्षों मे वह असंख्य बार उस महानगर में गया था, जहां से महज़ कुछ सौ किलोमीटर की दूरी पर था कुमुद का गांव, जहां वह पहली बार उससे मिला था। पर वे दोनों मिले सिर्फ पाँच बार। कभी वह पारिवारिक फ़ंक्शनों मे व्यस्तता के चलते समय नहीं अरेंज कर पाए, कभी उसके पास कोई बहाना न हुआ या वह उसी दौरान कहीं और व्यस्त हुई। न मिल पाने पर कोई शिकायत, दोषारोपण नहीं करते थे वे। बस गहरा दुःख महसूस करते अपने दिलों में। उन्हें अपनी भारत यात्रा अधूरी-सी लगती। कुछ दिनों के लिए वह उदास हो जाते और वह भी अनमनी-सी रहती। फिर वह अपनी दुनिया में और वह अपने एनजीओ की समस्याओं में डूब जाते।

चार वर्ष पहले ही तो शिफ़्ट हुए थे वह बेंगलुरु में। लगा था, अब उससे जल्दी-जल्दी मिल पाएंगे। आख़िर जिस प्रदेश में वह रहती है, उसी प्रदेश का एक शहर उनका भी तो था, जहां उनका पैतृक मकान था। जहां उनकी मां रहती थीं।

पर बेटे की शादी के उत्साह में उनसे सब गड़बड़ा गया। वॉट्सऐप पर उन्होंने उसे कार्ड भेजा था। क़रीब दो महीने से उन्होंने उसे कोई मैसेज नहीं किया था। गुड मॉर्निंग मैसेज भी नहीं। उसके कुछ मैसेज आए थे, पर उन्होंने कोई

रिप्लाई नहीं किया था। बेटे की शादी की तैयारी और नौकरी की व्यस्तताएं उन्हें और कुछ सोचने ही नहीं दे रही थी। वह भी कुछ मैसेजेज़ के बाद मौन हो गई थी। शादी उनके पैतृक शहर से ही हो रही थी शादी का समारोह शुरू हो चुका था। पत्नी ने घर में माता की चौकी रखी थी। भजन मंडली की औरतों के साथ परिवार के लोग भी नाच-गा रहे थे।

उन्होंने अपने मोबाइल में कीर्तन की रिकॉर्डिंग की और कुछ दोस्त और कुछ फ़ैमिली ग्रुप्स, जिनमें से कुछ लोग अभी आनेवाले थे, के साथ उसे भी सेंड कर दिया।

जवाब आया – 'शुक्रिया!'

फिर अगले दिन हल्दी-तिलक और फिर रात में कॉकटेल पार्टी और लेडीज़ संगीत। रात में सबसे फुर्सत पाकर उन्होंने उसे कार्ड वॉट्सऐप पर भेजा। रिप्लाई में उसका मैसेज आया – 'इस फ़ॉर्मैलिटी की ज़रूरत नहीं थी। आप भी जानते हो, यह कैसे भी संभव नहीं होगा।' साथ में एक उदासी का इमोजी।

सच तो था, कितने-कितने लोग होंगे शादी में। बहुत-से ऐसे रिश्तेदार, परिचित, जिन्हें न तो वह ठीक से जानता है, न ही वे आत्मीय ही हैं। एक सामाजिक कारोबार है, जो निभाए बिना नहीं चलता। सभी आनेवाले मेहमानों के लिए पत्नी ने महंगे गिफ़्ट ख़रीदे हैं। वह सोचने लगता है, पिछले नौ सालो में उसने उसके लिए एक रुमाल भी लेकर नहीं दिया और यहां शादी में आनेवाली हर औरत को दस-बीस हज़ार की साड़ियां गिफ़्ट दी जा रहीं। उसका दिल एक नामालूम-सी कचोट से भर आया था। उसने मैसेज किया – 'love you, miss you Jaan!'

यह कोई पहली बार नहीं लिखा था उसको। अक्सर उस पर बहुत प्यार आने पर वह यही लिखता था। हाँ, इधर बहुत दिनों का अंतराल आ गया था। याद से सारे मैसेज डिलीट करता था वह... उस दिन भी करके निश्चिंत था। पर होनी तो होकर रहती है। मोबाइल चार्ज पर लगाकर वह बाहर गाड़ियों का इंतज़ाम करने चला गया। कुछ देर में ही सबको होटल के लिए निकलना था, जहां से शादी का सारा फ़ंक्शन होना था। मोबाइल का ध्यान आने पर कमरे में गया, तो मोबाइल नीला के हाथ में था। वॉट्सऐप पर उसका अकाउंट खुला था – 'लव यू मिस यू जान' को रिवर्स भेजकर नीचे दो शब्द लिखे थे।

'उम्मीद है ये दिल से कहा गया है', साथ ही हाथ जोड़े एक इमोजी। उफ़, यह क्या ब्लंडर हो गया। नीला गुस्से से कांप रही थी।

'यू चीट मी... कब से चल रहा यह सब? तुम अभी तक उसके टच में हो... मुझे झूठ कहा कि सब ख़त्म हो गया है।' उसने फ़ोन उठाकर उस पर फेंक दिया।

वह सुन्न रह गया। नीला ने उसके फ़ोन से ही उसके मैसेज किए थे रोमन में। जल्दी और गुस्से में टाइप ग़लत हो रहा था। 'आपको' को 'अशोका' टाइप किया था। 'मक़सद' को 'मनसरद'। 'बेवकूफ़' को 'बरकूफ'। 'बहुत' को 'बसहुत'। 'मान' को 'माम', 'सब' को 'सन'।

– 'Madam asap mere gher me Aag laGa chuki Hai jo Asoka mansard tha, jab se chal raga hai yeah affair Mai itni bhi breakuf nahi hu'

– 'itna sunane keep bad bhi sharam nahi hai ma'am gaye tumahare guts ko'

– 'bashut himmat hai'

– 'Let me know jab Se chal Rah hai ye San'

वह कोई क्लेरीफ़िकेशन देने की स्थिति में नहीं बचा था। नीला लगातार चीख़-चिल्ला रही थी। उनके और उसके लिए अपशब्द निकाल रही थी। वह उसे चुप रहने, शांत रहने को कह रहे थे। वह शांत हुई थी, पर सिर्फ बेटे के विवाह का सोचकर। कमरे के बाहर जब दोनों निकले, तो सपाट चेहरा लेकर। सब कुछ सामान्य है, ऐसा प्रीटेंड वे दोनों ही अपनी क्षमता के अनुसार कर रहे थे। जीवन में उच्च कोटि का अभिनय जारी था। उसके पास कोई बहाना नहीं था कि इन बातों को नकार देता। सब कुछ दाँव पर लग चुका था। कुमुद पर उसे बेतरह गुस्सा आने लगा था। सारी सिचुएशन के लिए वह कुमुद को दोष देने लगा। फ़ोन उठाकर अपनी सारी फ़्रस्ट्रेशन उड़ेल दी।

– 'Lot of trouble created'

– 'Neela is very upset... She has told me to block you.'

– 'you have to understand not to copy and paste any one's words as it shows that I was communicating to you'

– 'this was not right thing to do and also during marriage when everything was going on fine'

– 'this gesture of yours has really upset me and I do not want any more trouble in my life'

– 'shall not be communicating with you communicate'

– 'Am sorry, but things did not go the right way and it was stupidity on your part knowing very well that one can see'

– 'bye and take care'

वह पूरी तरह हिल गई थी। जो भी हुआ, अनजाने ही हुआ था। नीला का रिएक्शन भी नॉर्मल था। इसके अलावा और क्या अपेक्षा हो सकती थी उसकी तरफ़ से? पर समर? उनका रिएक्शन! इतना रूड, इतना हार्स। ये सारे मैसेज करते हुए उनके हाथ नहीं कांपे। जिससे आप प्रेम करने का दम भरते रहे हों, ज़रा-सी विपरीत परिस्थिति आते ही सब ख़त्म। प्रेम भी ऐसा, जहां लेन-देन का कोई स्कोप नहीं। सिर्फ प्रेम की प्रतीति कि जो है, जैसा है, जितना है, रहेगा वैसा ही बिना बदले। ज़िंदगी भर का एक क़ीमती एहसास। पर सब बिखर गया। कितना भुरभुरा था सब कुछ। सिर्फ जुमलेबाज़ी ही थी। समर के व्यवहार ने तोड़ दिया था कुमुद को, पर अपनी अना को तो बचाना ही था फ़िलहाल। उसने भी उसी समय उन्हें मैसेज कर दिया।

जवाब संक्षिप्त था।

– बस करें... सिर्फ गुड बाय कहना ही काफ़ी था

– शुक्रिया सबकुछ के लिए

– समझ मुबारक हो।

क्षण भर में उसकी वॉट्सऐप डीपी दिखनी बंद हो गई। एक गहरी सांस लेकर उन्होंने भी पहले उसे ब्लॉक किया फिर डिलीट।

पर ऐसे कोई कहां डिलीट होता जीवन से! अब वह जीवन में नहीं थी, पर फिर भी वह पहले से ज़्यादा फैल गई थी। घर का वातावरण असहनीय हो रहा था। बेटा-बहू दिल्ली में थे। छोटा बेटा अमेरिका में। घर में सिर्फ वही दोनों पति-पत्नी और दोनों में अबोला। वह सामान्य बातचीत करना चाहता, तो नीला कोई जवाब ही नहीं देती। रात को उसे अपने पास खींचने की कोशिश करता, तो हाथ झटककर दूसरे कमरे में चली जाती। लेडी ऑफ़ हाउस जब ऐसे बिहेव करे, तो

घर पूरी तरह अजनबियत से भर जाता है। सुकून की हवा कम-सी महसूस होती थी घर में।

तीन महीने बाद वह राँची एयरपोर्ट से बाहर निकल रहा था। एयरपोर्ट से बाहर आकर जैसे ही मिस्ड कॉल्स देखने के लिए उसने मोबाइल ऑन किया, एक मैसेज चमका –

'इसी प्लेनेट पर हो न?'

उसके चेहरे पर मुस्कुराहट आ गई। जल्दी से टाइप किया उसने...

– 'ha Ji'

– 'शुक्र है!'

इससे ज़्यादा कुछ कहने-सुनने की गुंजाइश टेक्स्ट मैसेज में नहीं थी। सारा संकोच, सारी अना को परे हटाकर उसने यह मैसेज किया था। क्या जवाब होगा, नहीं पता था। सिर्फ एक धुंधली-सी आशा थी कि ऐसे एक झटके में क्या सब कुछ ख़त्म हो सकता है। उसका एक मैसज क्या उनके बीच का सब ख़त्म कर चुका है? तो फिर यह उसके दिल और दिमाग़ में हर वक़्त चलने वाला अंधड़! उसे क्यों नहीं चैन मिलता? क्यों वह ठगा-सा महसूस कर रही? हर रिश्ते का 'द एंड' निश्चित ही होता है, यह जुमला उसने पढ़ा-सुना था, पर विश्वास नहीं किया कभी। कैसे कोई अपनी ही कही-सुनी बातों को झुठला सकता है? ब्रेकअप-वेकअप उसे कभी समझ नहीं आते। प्रेम कैसे मिट सकता है? और जो मिट गया, वह प्रेम कैसे हुआ?

. . .

अवनि और अरुज के बाहर आते ही लोगों में सुगबुगाहट शुरू हो गई। सभी की निगाहें उनकी ओर उठ गईं। उसके मम्मी-पापा के साथ राजीव कुमार, उनकी पत्नी सुमेधा, समर और उनकी पत्नी नीला, कुछ और नज़दीकी परिजन उनकी ओर बढ़ गए। अवनि अपने मम्मी-पापा को देख ख़ुद पर क़ाबू नहीं रख सकी और दौड़कर माँ के गले लग सिसकने लगी। सभी स्तब्ध से खड़े हो गए जहां-तहां।

'क्या हुआ, रो क्यों रही अवनि? क्या बात हुई दोनों में?' सभी की निगाहें अरुज की ओर उठ गईं। अरुज यह सब देखकर पसोपेश में पड़ गया था। सब कुछ इतना आसान नहीं होने का, यह आभास तो था ही अरुज को। पर इस परिस्थिति से निपटना कैसे है, वह समझ नहीं पा रहा था। उसने निश्चय किया कि

साफ़ बात करे। अवनि कुछ बताती, उससे पहले ही उसने उसे हाथ से चुप रहने और 'मैं बात करता हूँ' का इशारा किया।

'बात यह है कि हम शादी नहीं कर रहे...'

'वॉट...?' एक साथ कई लोगों के मुंह से चीख़ बनकर यह सवाल निकला। सुमेधा तो लड़खड़ाकर पास पड़ी कुर्सी पर बैठ गईं। क्या कह रहा है यह लड़का! उनके पल्ले कुछ नहीं पड़ रहा था। ऐसी परिस्थिति की तो कल्पना भी नहीं की थी किसी ने।

राजीव, समर, उनकी पत्नियां, बुआ-फूफा, अरुज का छोटा भाई अथर्व, समर के दोनों बेटे और साल भर पुरानी बहू सभी ने अरुज को घेर लिया। फुफेरा भाई अनन्य, गोद में साल भर के बेटे को लिए उसकी पत्नी श्रेया।

क्यों? क्या? इन आवाज़ों को पीछे छोड़ अरुज सीधे अपनी मम्मी सुमेधा और पापा राजीव से मुख़ातिब था।

'मैं यह शादी नहीं कर सकता।'

'यह क्या पागलपन है, क्या कह रहे हो?'

'मैं किसी और से प्यार करता हूँ...'

'पहले तुमने ऐसा कुछ नहीं बताया था...' राजीव कुमार अपने गुस्से को कंट्रोल करने का भरसक प्रयास कर रहे थे।

'उसकी शादी हो चुकी थी।'

'क्या?' यह लड़का तो आज उनका हार्ट फ़ेल करवाकर रहेगा।

'हाँ, उसके पति की एक्सिडेंट में डेथ हो चुकी है। डेढ़ साल का बेटा है। मुझे कुछ दिन पहले ही यह सब पता चला। अब मैं यह शादी नहीं करूंगा।'

बम-गोले जैसे पड़ रहे थे सबके ऊपर अरुज की बातों के। कुछ लोगों के मुंह खुले रह गए थे यह सब सुनकर। कुछ औरतों ने रोना शुरू कर दिया था। कुछ लोगों को विश्वास नहीं हो रहा था कि यह सब वे अरुज के मुंह से सुन रहे हैं। कोई टोना तो नहीं कर दिया बच्चे पर...

अरुज ने बम-गोला दागकर बिना किसी की प्रतिक्रिया की परवाह किए अपने दोस्त को साथ लेकर वहां से चला गया।

स्थिति बहुत ही ऑक्वर्ड हो गई थी। राजीव तो स्वयं एक कमरे में बंद हो गए थे। कुछ सोच नहीं पा रहे थे। आख़िर अरुज ऐसा कैसे कर सकता था! उन्होंने दोनों बच्चों को हर तरह की सुविधा की छूट दी थी। अपने ऊँचे खानदान पर गर्व करना सिखाया था। परम्परा और आधुनिकता का शानदार मेल था उनका परिवार। बच्चों से सिर्फ एक ही अपेक्षा थी कि वैवाहिक संबंध अपनी बराबरी में ही होगा। स्वयं वे दोनों भाई और दिद्दा ने भी तो उच्च शिक्षा के लिए घर छोड़ा था। पर किसी की हिम्मत नहीं थी कि परिवार के विरुद्ध जाकर शादी वगैरह के पचड़े में पड़े। वह निर्णय घर के बड़ों का था, पापा का था। दिद्दा की शादी देहरादून के ख़ूब प्रतिष्ठित परिवार में हुई थी। डॉक्टर थे जीजाजी। आज उन दोनों का शानदार नर्सिंग होम था। उनके दोनों बच्चे भी मेडिकल प्रोफ़ेशन में ही थे। बेटी डेंटल डॉक्टर और बेटा हॉस्पिटल मैनेजमेंट में।

कितना अच्छा लगता था देखकर कि सारा परिवार वेल सेटल्ड था। अपने-अपने जीवन में सभी सफल और ख़ुश। अभी पिछले साल ही समर के बड़े बेटे की शादी थी। बहू का परिवार भी समर की तरह ब्रिटेन में सेटल था। विवाह के लिए दोनों परिवार भारत आए थे। जयपुर में एक फ़ाइव स्टार होटल में डेस्टिनेशन वेडिंग हुई। सारे आमंत्रित रिश्तेदार सीधे जयपुर पहुंचे थे। आज वे दोनों दिल्ली में सेटल हैं। इस वर्ष अरुज का विवाह होने के बाद अगला टारगेट इकलौती भांजी आकांक्षा का विवाह था। पर अरुज का यह निर्णय! आज तक उनके खानदान में ऐसा कभी नहीं हुआ। पढ़ी-लिखी आधुनिक फ़ैमिली है उनकी। परिपक्व और प्रैक्टिकल तरीक़े से सोचनेवाला उनका परिवार पट्टीदारों में सबसे अग्रणी माना जाता था। समाज में उदाहरण था। वेल एजुकेटेड, वेल स्टैब्लिशड, वेल मैनर्ड परिवार था उनका।

पर अरुज!

अपनी उम्र में प्रेम तो उन्हें भी हुआ था, हाँ प्रेम जैसा ही था वह। गुड्डो... कहां होगी अब? कैसी होगी? शादी, बच्चे, पति... कैसा होगा वह व्यक्ति, जिसे गुड्डो मिली होगी? कैसे गुज़रता होगा उसका जीवन?

एकाएक वह यह सब क्यों सोच रहे हैं? गुड्डो क्यों याद आ रही? अब तो उसका चेहरा भी भूल चुके हैं वह। उसका असल नाम क्या था, अब याद नहीं। उसकी कॉपियों पर लिखा तो था, पर तब कहां ध्यान दिया था। सब तो गुड्डो ही कहते थे, वह भी गुड्डो कहते थे। जब फ़ेसबुक का ज़माना आया, तो उन्होंने एकाध बार नीलम, पूनम के प्रोफ़ाइल में जाकर ढूंढ़ने की कोशिश की थी, पर कोई भी ऐसा नहीं लगा, जिसे देख लगे कि यह गुड्डो हो सकती है। फिर वह उतना एक्टिव

भी नहीं रहते। व्यस्तताओं ने इतनी मोहलत ही नहीं दी कि बहुत सोच पाएं इस बारे में। ख़ुशहाल पारिवारिक जीवन और प्रोफ़ेशनल सफलताएं जीवन को समृद्ध किए थीं। पर आज अचानक बेहद ख़ाली, हारे हुए-से क्यों महसूस कर रहे। आज गुड्डो क्यों याद आ रही? न चाहते हुए भी याद आ रहा सब सिलसिलेवार, जैसे आंखों के आगे नब्बे के दशक की कोई फ़िल्म चल रही हो।

...एक भूला हुआ सपना... हाँ, सपना ही था वह सब कुछ, सपना ही बनकर रह गया।

भाग 2

1984

बस के रुकते ही राजीव की तंद्रा टूटी। अचकचाकर उसने देखा, तो उसका गंतव्य आ गया था। अपना सामान समेट वह अलसाया-सा नीचे उतरा। सांझ घिर आई थी। किसी सवारी की खोज में उसने इधर-उधर निगाह डाली। गगहां नाम का यह छोटा-सा गांव बासगांव तहसील ज़ोन में पड़ता था। इसकी एकमात्र ख़ासियत यह थी कि नेशनल हाइवे इस गांव के बीचोबीच से होकर गुज़रता था।आस-पास के गांव के लोगों को यहां से बनारस, इलाहाबाद या गोरखपुर साइड की बसें मिल जाया करती थी। राजीव को बस यहां रुकवाने के लिए कंडक्टर से बड़ी झिकझिक करनी पड़ी थी। टिकट उसे गोरखपुर तक का लेना पड़ा था। बनारस से गोरखपुर तक की मेल बसें इस तरह की छोटी जगहों पर रुकती नहीं थीं।

अब ज़रूरत थी अन्दर गांव तक पहुंचने के लिए किसी सवारी की। दस-बारह किलोमीटर पैदल तो जाया नहीं जा सकता। दस-पन्द्रह मिनट इंतज़ार करने के बाद भी जब तांगा या बैलगाड़ी नहीं दिखाई दी, तो वह झल्ला पड़ा। सारे गांव कहां से कहां पहुंच गए, पर गोरखपुर का यह एरिया ज़रा भी नहीं बदला। बस गांव तक एक सड़क बन गई है पतली-सी खड़ंजावाली, वह भी पूरी नहीं। गांव से कुछ पहले ही उसका सूत्र टूट चुका है। पता नहीं क्यों, बाबूजी इस सड़े गांव में पड़े हैं। सारे रिश्तेदार तो ज़मीन-जायजाद बेच-बाचकर गोरखपुर, बनारस या लखनऊ में बस गए हैं। वही क्यों नहीं इस गांव का मोह छोड़ पाते? वह अचानक ही आ गया है। ख़बर कर दी होती, तो जीप ही आ जाती लेने।

घंटियों की रुनझुन सुनकर वह अपने आत्मालाप से बाहर आया। एक इक्का इधर ही चला आ रहा था। इक्केवाले ने उसे देख इक्का रोक लिया। राजीव ने ठाकुर साहब का नाम बताया, तो बेचारा सिटपिटाकर इक्के से नीचे उतर स्वयं राजीव का सामान उठाकर धरने लगा।

'आईं बाबू, बइठीं' कहते हुए वह इक्के में बिछे कंबल और मैली-सी चादर को झाड़ने लगा।

राजीव उचककर तांगे में बैठ गया।

सूर्य पश्चिम की गोद में छुपने को आतुर था। पक्षी अपने घर को लौट रहे थे। दिन की उमस काफ़ी हद तक कम हो चुकी थी। ठंडी मंद बयार चेहरे और बालों को सहलाती बहुत भली लग रही थी। राजीव ने बुशर्ट के बटन खोल लिए और इक्केवाले से बातें करने लगा।

...

'मौसी, हम जा रहे हैं। दीदी लोग नीचे पहुंच गईं हैं।' गुड्डो अपनी चोटी में रबड़ लगाते हुए चीख़ी।

'अरे रुक... जब देखो, घोड़े पर सवार रहती है।' मौसीजी ने कमरे में दाख़िल होते हुए गुड्डो को झिड़क दिया। 'ये ले कोहरउड़ी, सुनिलवा की दुल्हिन बहुत दिन से मागत रहल।'

गुड्डो ने बड़ियों की पोटली थामी और तेज़ी से कमरे से निकल ली। बड़ियों को कोहरउड़ी कहने में बेचारी गुड्डो को बड़ा अभ्यास करना पड़ा था। मन-ही-मन हनुमान चालीसा का पाठ करते हुए वह सीढ़ियों की ओर बढ़ी। उसे मौसी के घर में सबसे भयानक ये सीढ़ियां ही लगती हैं। बाप रे! कितनी पतली और अंधेरी हैं। पर नीचे जाना था, तो सीढ़ियां उतरनी ही थीं। सच, उसे पता होता, यहां सबकुछ इतना डरावना है, तो वह सात जनम यहां न आती। चार दिन हो रहे हैं उसे यहां आए हुए, पर इन चार दिनों में उसकी तो हालत ख़राब हुई ही, औरों की नाक में भी दम कर दिया उसने। नीचे जाना हो, तो कोई साथ चले। बाथरूम जाना हो, तो भी किसी के साथ ही जाएगी। अकेले बिस्तर पर वह किसी क़ीमत पर नहीं सो सकती। दिन में भी किसी कमरे में अकेले जाने को तैयार नहीं होती। एक नम्बर की डरपोकनी है यह।

दीदी लोग भी तो उसे डराने में मज़े लेती हैं। जहां शाम हुई नहीं कि शुरू हो गईं, भूत-प्रेत की बातें करने। अब बिचारी गुड्डो तो डरेगी ही न। कहां उसका छोटा-सा तीन कमरोंवाला घर और कहां यह मौसी का तीन आंगनोंवाला बड़ा-सा हवेला।

आज जब दीदी लोगों ने उसे सुनील चाचा के घर ले जाने का प्लान बनाया, तो उसे अपनी चुटिया करने में देर हो गई और दोनों दीदियां उसे आने को कह ख़ुद चलती बनीं अब बिचारी को अकेले ही सीढ़ियां उतरनी पड़ी। मन-ही-मन हनुमानजी की महानता गाते हुए वह जल्दी-जल्दी सीढ़ियां उतरने लगी 'महाबीर विक्रम बजरंगी....' और लो, गुड्डो रानी धड़ाम! अरे, सही में कोई भूत....! गुड्डो ने

पहले तो डर से आंखें बंद कर लीं, पर जल्द ही एहसास हो गया कि भूत नहीं, किसी इंसान से टकराई है। लेकिन ग़लती उसकी बिलकुल नहीं है। यही अंधे का दुम उससे टकराया है। गुड्डो के घुटने में शायद बड़ी ज़ोर की चोट लगी थी। पर दर्द से ज़्यादा गुस्से की वजह से उसके आंसू छलछला आए थे। राजीव ने संभाला न होता, तो शायद और भी चोट लगी होती। और यह उसकी शराफ़त ही थी कि उसने 'सॉरी' भी कहा। पर ग़लती सरासर इस लड़की की ही है। कैसे जल्दबाजी में उतर रही थी, जैसे पीछे भूत पड़ा हो। पर इसका क्या किया जाए कि गुड्डो पर इस 'सॉरी' का कोई असर नही पड़ा। मन-ही-मन उसे हज़ार गालियों से सम्मानित कर झनकती-पटकती वह सीढ़ियां उतर गई। राजीव भी कंधा उचकाता चलता बना। लेकिन अभी वह पूरी सीढ़ियां चढ़ा भी न था कि 'एई, सुनो' की आवाज़ सुनकर उसे रुकना पड़ा। मुड़कर देखा, तो वही लड़की खड़ी थी।

'क्या है?' उसने उखड़े स्वर में पूछा।

एक पल को तो गुड्डो झिझकी, फिर उसने कह ही दिया, 'ज़रा हमें बाहर तक पहुंचा दो न।'

'क्यों भला?'

'डर लग रहा है... एकदम अंधेरा है न!'

'डर! डर कैसा?' राजीव को कुछ समझ नहीं आया, पर गुड्डो का हैरान-परेशान चेहरा देखकर जाने क्यों उसे लगा कि अगर यह कह रही है, तो ज़रूर कोई डर की बात होगी।

राजीव नीचे उतरते हुए बोला, 'चलो।'

गुड्डो के पीछे चलते हुए वह उसी के बारे में सोच रहा था। कमाल है, अभी पांच मिनट पहले चेहरे पर रणचंडी जैसा गुस्सा लिए यूं घूर रही थी, जैसे साबुत निगल जाएगी। पर अब गुस्से का तो नामोनिशान नहीं था। थी सिर्फ ढेर सारी मासूमियत, यानी एक नम्बर की मतलबी है।

'एई! अब तुम जाओ, हम चले जाएंगे।' गुड्डो की आवाज़ सुनकर प्रकृतिस्थ वह उजाले में उस लड़की का व्यक्तित्व देख हतप्रभ रह गया। लाल स्कर्ट, काली शर्ट, लम्बे-मोटे बालों को मोड़कर बनाई गई चोटी बिलकुल रोमन हॉलीडे की नायिका की तरह।

अपनी ओर उसे यों देखते पाकर गुड्डो हैरान-परेशान।

'एई... तुम्हें सुनाई नहीं देता क्या? हमने कहा है, तुम जाओ अब।'

'हुह्ह, ये एई-एई कौन-सी भाषा है!'

राजीव ने झट से उसे झिड़क दिया, 'इतनी बड़ी हो गई। बोलने का शउर नहीं।' गुड्डो फिर जल-भुन गई, 'बड़ा गंदा आदमी है, कोई लड़कियों को इस तरह डांटता है भला? दुष्ट कहीं का।' राजीव उसे घूरता हुआ मुड़ा और अन्दर चला गया। गुड्डो ने उसे पीछे से कसकर मुंह चिढ़ाया और भागती हुई सुनील चाचा के घर की ओर चल दी।

गर्मी की छुट्टियों में गुड्डो मौसी के घर आई है पहली बार। पापा गोरखपुर किसी काम से आए थे और गुड्डो भी उनके साथ लग गई। एक परिचित के यहां गुड्डो के मौसाजी मिल गए और गुड्डो को साथ गांव ले जाने की हठ पकड़ बैठे। गुड्डो भी बदमाश, फ़ौरन तैयार हो गई, हालांकि पापा ने बहुत रोका था लेकिन गुड्डो तो फिर गुड्डो ही है। एक बार जो ज़िद चढ़ गई, तो पूरा किए बिना मानती थोड़े है।

गुड्डो के पापा आज़मगढ़ ज़िले में डिग्री कॉलेज में अर्थशास्त्र के प्राध्यापक थे। सादा जीवन, सादा स्वभाव। बीवी-बच्चों और नौकरी की सीमित दुनिया, उसी में ख़ुश। गांव में थोड़ी बहुत ज़मीन थी, जिसे छोटा भाई देखता था। पिता थे नहीं। मां गांव आती-जाती रहती थी। गोरखपुर मे कई रिश्तेदार थे। लगभग हर मुहल्ले में। गुड्डो की तीनो मौसियां भी यहीं ब्याही थीं। छोटी मौसी के घर ही बड़े मौसाजी मिल गए थे और गुड्डो उनके गांव चली आई।

गुड्डो अपने भाई-बहनों में सबसे छोटी थी। बड़ी दीदी की शादी जल्दी हो गई थी। नरेन्द्र, गुड्डो के पापा का छात्र था। इलाहाबाद विश्वविद्यालय मे टॉप कर केन्या जाने का वज़ीफ़ा प्राप्त कर जब अपने आदरणीय प्रोफ़ेसर साहब का आश्शीवाद लेने आया, तो प्रोफ़ेसर साहब ने अपना मतंव्य बता दिया। नरेन्द्र के माता-पिता थे नहीं। रिश्ते की एक बुआ ने पाला था। अब तक अपनी मेहनत के बूते पर ही वह शिक्षा पाता रहा। संघर्ष के उस दौर में इन प्रोफ़ेसर साहब का बहुत संबल रहा उन्हें। फिर अवन्तिका को देख रखा था उसने। ना करने का कोई कारण नहीं था। इतने स्नेही परिवार का सदस्य बन जाने का लालच भी था। सकुचाते हुए उसने 'हाँ' कर दिया। सो बड़ी लड़की के ब्याह से प्रोफ़ेसर साहब जल्द ही फ़ारिग़ हो गए। हालांकि लोग बातें बनाते थे कि प्रोफ़ेसर साहब अपनी चिकनी-चुपड़ी बातों में लड़के को फंसाकर बिना दान-दहेज अपनी कन्या के ब्याह से निवृत्त हो गए थे।

दो राम-लक्ष्मण सरीखे पुत्र, जो बुद्धि और विनय के प्रतिमूर्ति थे। कभी आधुनिक नवजवानों जैसे बेसिर-पैर की मांग करके उन्होंने अपने पिता को चिन्तित नहीं किया। बच गई गुड्डो, तो वह अपनी ही दुनिया में मगन थी। यूपी बोर्ड की दसवीं की परीक्षा पास कर चुकी थी वह। कुल सोलह-सत्रह की उमर। महाशैतान। इन्द्रजाल कॉमिक्स की दीवानी। जिस दिन पेपरवाला कॉमिक्स दे जाता, उस दिन तीनों भाई-बहनों में झगड़ा ज़रूर होता। सब चाहते, पहले उसे ही पढ़ने को मिले। और तो और बच्चों के पापा भी पीछे न रहते।

स्कूल में गुड्डो टीचरों की चहेती थी। कोई भी कार्यक्रम हो, उसकी मुख्य नायिका सहज ही गुड्डो को चुन लिया जाता। देवी सरस्वती बनना हो या भारतमाता या गांव की सरल बाला, सभी रूपों मे वह फ़िट बैठती। इन्हीं गुड्डो महारानी को जब राजीव ने घुड़क दिया, तो उसे बुरा लगना ही था। बड़े लाट-साहब बनते हैं... हुहह।

. . .

गरमागरम पकौड़ियों और महकदार चाय का रसास्वादन करते हुए राजीव अम्मा से बतियाता भी जा रहा था। थोड़ी देर पहले हुई उस लड़की से नोक-झोंक वह भूल चुका था और इस समय अम्मा को अपनी पढ़ाई, समर की पढ़ाई और पापा के बिज़नेस का ब्योरा दे रहा था। शांता देवी पकौड़ी तलते-तलते उसकी बातें भी सुनती जा रही थीं। तीन बेटियां ही तो थीं, सो देवर के इस ज्येष्ठ पुत्र पर उनका विशेष ही स्नेह था। दोनों लड़के अक्सर छुट्टियों में गांव आते थे। अम्मा-बाबूजी से उनका भी स्नेह था। करोड़ों की जायदाद थी। ज़मीनें इतनी कि सीलिंग में निकलने के भय से मायके में भाइयों के नाम की गईं। कुछ विश्वासपात्र नौकरों के नाम थीं। बेटा न होने का दुःख उन्हें सालता था। ऐसा नहीं था कि बेटा हुआ नहीं। दो बेटे हुए, पर दोनों सौरी में ही ख़त्म हो गए।

तीन गांवों के काश्तकार थे ससुर। एक उनके पति की मिल्कियत, दूसरे में देवर। नदी के उस पार गांव में ससुर रहते थे। जब तक ज़िंदा रहे, वहीं रहे। बीच-बीच में नदी पार कर इस तरफ़ भी आ जाते थे। बिना कोई ख़बर किए, बिना बताए। उनका विश्वासपात्र ललकू था, जो उन्हें उनके बेटा-बहू की पल-पल ख़बर करता। मौसाजी रोज़ाना गोश्त-मछली खानेवाले, पर बड़का ठाकुर साहब पक्के शाकाहारी। हवेली के प्रांगण में भोलेनाथ का मंदिर था। ठाकुरजी को भोग लगाए बिना खाना नहीं खाया जाता था हवेली में। ललकू थे तो नौकर, पर घर में उनका बड़ा रोब था। उनकी जानकारी में गोश्त-मछली नहीं पकाया जा सकता था।

मौसी ऊपर की एक छोटी-सी कोठरी में किवाड़ भिड़काकर पकातीं। पकाते हुए ख़ुशबू बाहर न चली जाए, इसका विशेष ध्यान रखना पड़ता।

कहा तो यह भी जाता था कि बड़े ठाकुर ने नदी पार एक रखैल भी रखी है। कोई ग्वालिन है। कहने वाले यह भी कहते, ग्वालिन ने अपनी गाय-भैंसों के नाम ठाकुर खानदान के बच्चों के नाम पर रखे हैं। किसी का नाम गोपाल, तो किसी का नाम मीना और कोई राजीव था, तो कोई समर।

...

राजीव ने जैसे ही चाय का ख़ाली प्याला ज़मीन पर रखा, नीलम, पूनम और गुड्डो धड़धडाती हुई आ पहुंचीं। गुड्डो को किसी बात पर बहुत तेज़ हंसी आ रही थी। मारे हंसी के उसकी आंखें छलछला आई थीं। दोनों दीदियां उसे चुप रहने को कह रही थीं, पर गुड्डो पर तो हंसी का दौरा पड़ गया था। अचानक उसकी नज़र वहां बैठे राजीव पर पड़ी। वह सकपकाकर चुप हो गई।

'का बात ह, काहे अइसे मुंह फाड़े हंस रही है गुड्डो?' मौसी को भी जिज्ञासा हो आई।

'कुछ नहीं अम्मा, इसे तो हंसने का बहाना मिल जाए बस्स।' नीलम बोली।

'उमेसवा साइकिल पर जा रहा था। उसके पीछे दो ठो कुत्ते पड़े थे। बेचारा न तो साइकिल चला पा रहा था, न ही कुत्तों को भगा पा रहा था। हमलोगों को देखा, तो गिड़गिड़ाना लगा – दीदी हे... बचा लीं... और यह लड़की इतनी दुष्ट कि मज़े ले रही थी।'

'तो उस दिन वह भी तो मेरे लिए अमरुद नहीं तोड़ रहा था...' गुड्डो मिनमिनाई।

अब तक उसकी नाक में पकौड़ियों की ख़ुशबू आ चुकी थी। वह लपककर चूल्हे के पास पहुंच गई।

'अर्रर... चप्पल पहने इधर मती आ... कितनी बार कहा है तुझे...' मौसी की बड़बड़ाहट सुन गुड्डो मन-ही-मन खीझ गई। यहां तो अजीब चलन है, अपने यहां तो हम स्कूल से आकर जूते पहने ही चौके में घुस जाते थे। उसने मुंह बनाते हुए चप्पल उतारा और चौके की परिधि में घुस गई।

...

अम्मा, बाबूजी, पूनम, नीलम, राजीव देर रात तक बतियाते रहे। बरामदे में सब की चारपाइयां बिछ चुकी थीं। पूनम की चारपाई पर गुड्डो मगन होकर सो रही थी। बातें करते-करते राजीव की आंखें जब उस पर पड़तीं, तो वह हड़बड़ा जाता। शांत, नींद में डूबी उस किशोरी के चेहरे में ऐसा कुछ था, जो हर बार देखने पर भी उसे नया-सा लगता।

'अच्छा राजू भैया, आप तो जाड़े में आते थे फिर इस समय कैसे छुट्टी मिल गई?' पूनम ने पूछा।

'यूनिवर्सिटी में हड़ताल चल रही है। पता नहीं कब तक रहे इसलिए मैं यहां आ गया।'

'समर भैया कैसे हैं?'

'ठीक है। अभी कुछ दिन पहले उसका पत्र आया था। अभी उसकी छुट्टियां हैं। मैंने लिख दिया है कि यहीं आ जाओ। देखो, शायद दो-चार दिन में वह भी यहां आ जाए। साथ में ललकू चाचा के दोनों लड़के रवि और विनय भी हों।'

'वाह, तब तो बहुत मज़ा आएगा।' पूनम चहककर बोली।

राजीव को नींद आने लगी थी इसलिए बातचीत बंद कर सभी सोने चल दिए।

. . .

ठीक चार बजे राजीव की आंख खुल गई। नीचे आती आवाज़ों से उसे पता लग गया कि अम्मा-बाबूजी जग चुके हैं। अम्मा-बाबूजी का यह बहुत पुराना नियम था। बहुत सुबह उठकर नहा-धोकर एक साथ पूजा के आसन पर बैठ जाते। नीचे ही पीछे अहाते में ठाकुरजी का मन्दिर था। राजीव को पता था। अब वे एक घंटे से पहले नहीं उठेंगे। उसने अपने बगल की चारपाई पर नज़र डाली। पूनम तो सिर से पैर तक चद्दर ताने सो रही थी। उसके ऊपर अपनी एक टांग फेंके और एक हाथ से उसे चिपटाए गुड्डो बेख़बर सो रही थी। राजीव ने एक क्षण को उसके सोने के अनोखे ढंग को देखा और चारपाई छोड़कर उठ गया। बाथरूम में जाकर उसने दो-चार पानी के छींटे डाले अपने चेहरे पर और नीचे उतर गया।

यहां टहलने की सबसे अच्छी जगह उसे बांध ही लगता है। टहलता हुआ वह हवेली के सामने का लम्बा-चौड़ा अहाता पार करके आमों के बाग़ीचे में पहुंच गया। बाग़ीचे को पार करने के बाद ही सामने राप्ती नदी का बांध पड़ता था। वह पहले भी जब कभी यहां आया है, अपनी सुबह उसे यहीं बिताना पंसद है।

बचपन से ही दोनों भाइयों को व्यायाम करने की आदत है। बोर्डिंग स्कूल का सख़्त अनुशासन उनकी जीवनचर्या का अंग बन गया था।

राजीव जब वापस हवेली पंहुचा, तो साढ़े छह बज गए थे। बाबूजी बाहर बरामदे में चौकी पर बैठे थे। उनके हाथ में एक उपन्यास था। राजीव उनको प्रणाम कर वहीं पास ही बैठ गया। कल जब वह आया था, तो वह कोठी में नहीं थे, कहीं न्योता करने गए थे। सुबह तीन बजे ही वह आए थे और आते ही नित्यकर्म से निपट पूजा-पाठ करके बाहर बैठ गए थे। पॉकेट बुक्स का नया सेट दो दिन पहले ही आया है। देशी महुआ की शराब और गुलशन नंदा, राजहंस, प्रेमकुमार बाजपेयी के उपन्यास के साथ वह जासूसी उपन्यासों के ख़ासे शौक़ीन थे। सुबह के दो घंटे ही वह बिना पिए मिलते थे। फिर तो जो बोतल खुली, रात सोने तक चलती रहती।

बड़े ठाकुर ने उसे आशीर्वाद देते हुए उसका कुशल-क्षेम पूछा और फिर इधर-उधर की बात करने लगे। अन्दर से एक लड़का उन लोगों के लिए चाय रख गया। चाय पीते हुए राजीव ने चारों ओर नज़र घुमाकर आस-पास का अवलोकन किया। सामने का अहाता उजाड़ पड़ा था। जाड़े में यहां गुलाब और गेंदे के फूल करीने से लगे हुए थे। एक तरफ़ खलिहान था। खलिहान के सामने गाय-भैंस के लिए लाइन से आठ नाद बने थे। अब सिर्फ दो गायें रह गई थीं। बाबा के मरने के बाद आदमी-जन लापरवाह हो गए थे। बाबूजी सीधे-सादे आदमी थे। थोड़ा ऊँचा भी सुनते थे। उनको बरगलाना आसान था। राजीव के ज़ेहन में बाबा की लहीम-शहीम आकृति कौंध गई। विराट देह के स्वामी बाबा, खाकी महाराजा पैंट और शर्ट पहनते थे। घोड़े पर सवार होकर जब निकलते, तो लोग फ़र्शी सलाम करते। बचपन से छुट्टियों में वे दोनों भाई अनिवार्य रूप से यहां आते थे। कितनी स्मृतियां थीं यहां की। अब सब कुछ कितनी तेज़ी से बदल रहा है।

चाय पीकर वह अन्दर चला आया। नीचे अम्मा और नीलम शायद नाश्ता बनाने में लगी थीं। वह ऊपर आ गया। पूनम अलमारी में कपड़े ठीक कर रही थी। गुड्डो की शायद नींद नहीं पूरी हुई थी, सो वह बरामदे से आकर अन्दर कमरे में पंखे के नीचे सो रही थी।

राजीव ने अपना सूटकेस खोलकर किताबें वगैरह निकालीं और वहीं कुर्सी-मेज़ पर जम गया। पूनम से उसने चाय यहीं भिजवाने को कह दिया। पढ़ाई में जो वह जुटा, तो उसे समय की सुध ही नहीं रही। नीलू चाय रख गई थी। पढ़ते हुए ही उसकी नज़र पलंग पर गई। गुड्डो ग़ायब थी। पूनम जब उसे नाश्ते के लिए बुलाने आई, तब वह उठा। नाश्ता दूसरे कमरे में लगा था। पूनम, नीलम, अम्मा सब

वहीं थे। गुड्डो बड़े आराम से पैर फैलाए कोई किताब पढ़ रही थी। उसकी गोद में पकौड़ों से भरी प्लेट रखी थी। पढ़ते हुए ही वह उन्हें खाती भी जा रही थी। उसके हाथ में 'सिम्पल प्रोज़' किताब थी। उसके पास रखी सब किताबें भी अंग्रेज़ी की ही थीं। अंग्रेज़ी व्याकरण, 'सेक्रिफ़ाइस' नाटक, 'सट्रेफ़्लावर' कविता, यानी बड़ी ज़ोर-शोर से अंग्रेज़ी की पढ़ाई चल रही थी। इसका मतलब महारानीजी को अबकी यूपी बोर्ड से इंटर का इम्तिहान देना है और इंटर की अंग्रेज़ी है बड़ी कठिन।

राजीव को शरारत सूझी। उसने चुपके से उसकी प्लेट के सारे पकौड़े पार कर दिए। नीलम, पूनम ने देखा। उसने उन्हें चुप रहने का इशारा कर दिया। गुड्डो ने जब पकौड़ों के लिए हाथ बढ़ाया, तो प्लेट ख़ाली पाकर चौंकी। अभी तो भरी थी। ख़ाली कैसे हो गई? आंखों के आगे से किताब हटाकर उसने प्लेट देखी, तो सचमुच ख़ाली थी। क्या उसने इतनी जल्दी इतने सारे पकौड़े खा लिए? लेकिन इतने पकौड़े तो वह सारी ज़िंदगी नहीं खा पाती। उसको चमत्कृत देखकर नीलू पूनम और राजीव ठहाका मारकर हंस पड़े। गुड्डो कोई मूर्ख थोड़े ही थी। सब समझ गई। उसने राजीव की ओर काट खानेवाली नज़रों से देखा।

इतने में नीलम ने कहा, 'राजू भैय्या, ज़रा इस पंखे को देख लेना। पता नहीं क्यों, खर-खर बोलता है।'

'मुझे लगता है, इसमें कुछ फंस गया है।' राजीव ने पलंग पर एक स्टूल रखा और उस पर चढ़कर पंखे को देखने लगा। नीलम और गुड्डो स्टूल को पकड़े थीं।

'गुड्डा, ज़रा एक कपड़ा तो देना।' उसने गुड्डो से कहा। गुड्डो ने बुरा-सा मुंह बनाते हुए कपड़ा उसे दे दिया। मन-ही-मन वह सोच रही थी, यह आदमी उसे गुड्डा क्यों कह रहा।

'जाओ, ज़रा-सा रिंच मांग लाओ।'

गुड्डो मन-ही-मन भुनभुना उठी। अजीब आदमी है। अभी-अभी मेरा मज़ाक़ उड़ा रहा था और अब हम से काम करवाते शर्म नहीं आती। पर जाने क्यों, उसे राजीव से डर लगने लगा था। वह चुपचाप उठकर नीचे गई और रिंच लाकर उसे दे दिया और अपनी कॉपी-किताब समेटकर दूसरे कमरे में आ गई। हद है, यहां भी महाशय कुर्सी-मेज़ पर क़ब्ज़ा किए बैठे हैं।

दोपहर के खाने के समय भी गुड्डो मुंह बनाए ही रही। उसे राजीव का आना बिलकुल अच्छा नहीं लग रहा था। पता नहीं क्यों, मौसी, दीदी लोगों को यह आदमी इतना अच्छा लगता है। दीदी लोग कितनी ख़ुश है उसके आने से।

घर के सारे नौकर भी बाबू साहेब, छोटे मालिक, बबुआ कहते नहीं अघाते। अब वह यहां नहीं रहेगी। अचानक उसे घर की याद आने लगी। उससे खाना भी नहीं खाया गया।

. . .

गर्मियों की ख़ूब लम्बी दुपहरिया। खा-पीकर पूरा घर सो रहा होता। नौकर-चाकर भी इधर-उधर पड़कर थकान उतार रहे होते। पर गुड्डो महारानी की आंखों में नींद नहीं होती। वह तो अपनी नई बनी ग्रामीण सहेलियों के साथ कभी हवेली के पुराने सुनसान हिस्से, जो उजाड़ पड़ा खंडहर हो रहा था, में बैठी उनके साथ बातों में रमी होती, तो कभी सारे मिलकर आइस-पाइस खेलने लगते। फिर तो क्या हवेली का नया हिस्सा, क्या पुराना हिस्सा, सब शामिल हो जाता छुपने-खोजने में। जिसकी भी नींद में खलल पड़ती, वही गुड्डो पर चिल्ला पड़ता। पर गुड्डो को तो मौसाजी की शह मिली थी।

राजीव को यहां आए दो दिन हो गए थे। गुड्डो से उसकी सामान्य बातचीत ही होती। ज़्यादातर तो वह उसे किसी-न-किसी काम के लिए भगाता रहता और कामचोर गुड्डो को यह बात बिलकुल पसंद नहीं थी। और दूसरे, वह उसका नाम बिगाड़कर गुड्डा कहता है। इसपर तो वह गुस्से में किचकिचा जाती है। राजीव पहले भी गुड्डो से मिल चुका था यहीं पर, चार साल पहले। गुड्डो और उसका भाई दोनों आए थे गर्मी की छुट्टी में। राजीव और समर भी थे। राजीव को गुड्डो का भाई अच्छे से याद था। वह छोटा-सा लड़का, उसे ये दोनों भाई अपने साथ रखते। अम्मा-बाबूजी के सामने दोनों भाई अक्सर अपने बोर्डिंग स्कूल के मज़ेदार क़िस्से सुनाते। प्ले करके दिखाते। और उस दौरान बहनों को कमरे के बाहर कर देते। और उनके साथ गुड्डो को बाहर कर दिया जाता। ट्यूबवेल पर नहाने जाते वक़्त भी वह गुड्डो के भाई को साथ लेकर जाते। गुड्डो की याद उसके ज़ेहन में एक मरबिल्ली-सी लड़की के रूप में है। कंधे तक बाल, दुबले हाथ-पैर। कुछ भी याद रखने लायक नहीं था।

पर गुड्डो को तो वे दोनों भाई याद थे। बोर्डिंग स्कूल की नफ़ासत से लैस। दोनों भाई सुबह चार बजे उठते। वर्जिश करते। टहलने जाते। रात को सोने से पहले दांतों को ब्रश करते। नाइट सूट पहनकर सोते। सफ़ेद पर नीली धारियोंवाला कमीज़-पाजामा। उससे पहले गुड्डो ने कभी नाइट सूट का नाम भी नहीं सुना था। उसके आस-पास का कोई यह रात को कपड़े बदलनेवाला काम नहीं करता।

पापा तो घर में लुंगी-कुर्ता ही पहनते हैं। जाड़े में कुर्ता-पाजामा के ऊपर खादी भंडारवाला लम्बा-सा गाउन।

मम्मी ने तो अभी कुछ दिन पहले अवस्थी आंटी की देखा-देखी मैक्सी सिलवाई है, जो अवस्थी आंटी ने लखनऊ से सिलवाया था। ये रात में कपड़े बदलना, ब्रश करना जैसे फ़िज़ूल काम गुड्डो ने तो तब भी नहीं किए थे। भाई ज़रूर करने लगा था। गांव के ही दर्जी को घर बुलवाकर उसके लिए भी दो सेट नाइट सूट बनवा दिए गए थे। उसने बाद मे भी उसे ख़ूब दिन पहना और अपने को अंग्रेज़ समझता रहा। बाद में वे सूट छोटे हो गए और आदत भी छूट गई।

. . .

आज सुबह ही नाश्ता करके राजीव पास की छावनी पर बाबूजी के साथ चला गया था। अम्मा भी तीनों लड़कियों को लेकर पास के गांव में शादी में चली गईं। राजीव तो शाम तक वापस चला आया, पर ठाकुर साहब वहीं से गोरखपुर चले गए किसी न्योते में। घर पर सिर्फ पुरानी बूढ़ी नौकरानी थी, जिसे सब लोग माई कहा करते थे। उन्होंने उसे खाने के लिए पूछा, पर उसने मना कर दिया। आज मौसम भी ख़राब हो रहा था, आसमान पर काले बादल छाए थे और हवा भी चल रही थी। लगता था, आंधी-पानी साथ ही आएंगे। कमरे में आकर वह कुर्सी पर बैठ गया। अभी पढ़ते हुए एक घंटा भी नहीं हुआ था कि बाहर से बुढ़िया माई ने पुकारा, तो उसे मजबूरन उठना पड़ा। घड़ी पर निगाह डाली, तो अभी सात ही बज रहे थे। वह बाहर आया, तो कमला के साथ गुड्डो को खड़ा देख हतप्रभ रह गया।

'अरे तुम? अम्मा लोग आ गईं क्या?'

'नाहीं उ लोग उहै बाटी, इनका जी नहीं ठीक रहा। एही से भेज दीहिन। कहीन हैं, कोई दवा होई तो दे देहब।' कमला ने जवाब दिया।

'क्या हुआ इसे?' राजीव ने गुड्डो को ध्यान से देखा। पहले तो उसे अम्मा पर गुस्सा आया। क्या ज़रूरत थी इस मुसीबत को यहां भेजने की। पर जब उसने गुड्डो की हालत देखी, तो लगा सचमुच उसकी हालत ख़राब है। सर्दी, जुकाम और हल्का बुखार भी था।

राजीव अपने पास छोटी-मोटी बीमारियों की दवा हमेशा रखता था। अम्मा यह जानती थीं, इसी से उन्होंने गुड्डो को घर भेज दिया था।

जब दवा लेकर वह गुड्डो के पास पहुंचा, तो गुड्डो को कई छींकें लगातार आ गईं, 'अरे रे ये क्या?' राजीव हँस पड़ा। गुड्डो के चेहरे पर भी हँसी की एक रेखा आई और लुप्त हो गई।

'कुछ खाई हो?' राजीव ने पूछा।

'कुछ नहीं खाई हैं।' कमला ने जवाब दिया।

'बिना कुछ खाए दवा नहीं दे सकते। चलो गुड्डा, कुछ खा लो। कमला, माई से कहो, हमारा खाना यहीं भिजवा दें।'

राजीव खाना हमेशा डायनिंग टेबल पर नीचे ही खाता था। ख़ासतौर पर दिन में। रात को नॉन-वेज ऊपर विशेष कमरे में बनता और वहीं खाया जाता। आज नॉन-वेज नहीं था, पर गुड्डो थी और उसे दवा देनी थी गुड्डो का मन खाना खाने का नहीं था। मुंह तीता-सा हो रहा था। पर यह कह रहा है, तो खाना पड़ेगा।

कमला तत्परता से दो थाली ले आई। गुड्डो को थाली देखकर उबकाई आ रही थी।

राजीव ने अपना खाना ख़त्म कर देखा, गुड्डो ने बमुश्किल आधी रोटी खाई है।

'अरे! खा क्यों नहीं रही?'

गुड्डो रुआंसी हो गई। उसने मदद के लिए कमला को देखा। कमला ने मुंह दूसरी ओर घुमा लिया – "दुष्ट!" गुड्डो मन-ही-मन बोली। पर अब कोई कुछ कर ले, उससे नहीं खाया जाएगा। हाँ, नहीं तो।

राजीव उसका चेहरा देखकर समझ गया कि उसे एक कौर भी नहीं खाना अब।

'कमला, एक कप गरम दूध ले आओ। ऐसे दवाई नहीं दे सकते न।' कमला फिर चली गई।

'हे भगवान, कहां फंस गई? अब दूध!' गुड्डो का मन हो रहा था, चुपचाप पड़कर सो जाए। सारा शरीर दर्द हो रहा था। कमला दूध ले आई। गरम दूध की सेंक गले में भली-सी लगी।

'लो दवा खाओ और सो जाओ।' कहकर राजीव कमरे से बाहर जाने लगा।

'एई सुनो!'

'क्या है?'

'कहां जा रहे हो?'

'दूसरे कमरे में।'

'हम भी चलेंगें।'

'क्यों? तुम यहीं सोओ।'

'नहीं। हम तुम्हारे पास सोएंगे। इस कमरे में डर लगेगा हमें।'

राजीव अटपटा गया। गुड्डो के चेहरे को देखा। वहां सिर्फ मासूमियत थी। उसे शायद ख़ुद ही नहीं पता था, वह क्या कह रही है।

'अ... मैं यहीं हूँ... इसी कमरे में... तुम सो जाओ। चलो सोओ... कैसा डर?'

अब गुड्डो उसे कैसे बताती कि भूत-प्रेत का डर लग रहा उसे। कितना हँसेगा उस पर यह सुनकर वह।

अचानक गुड्डो को उबकाई आने लगी। वह तेज़ी से बाथरूम की ओर भागी। बरामदे में खड़ी कमला ने जल्दी से लालटेन उठाई और 'का भइल बहिनी' कहते हुए उसके पीछे दौड़ी। राजीव भी लपकता हुआ उसे थामने को हुआ। तब तक गुड्डो नाली पर बैठ चुकी थी। सारा खाया-पिया उलट दिया। राजीव उसकी पीठ सहलाता रहा। गुड्डो पस्त हो गई थी।

'चलो उठो।' कहते हुए राजीव ने उसे सहारा दिया। कमला, नाली में पानी डालकर उनके पीछे आई। राजीव के साथ मिलकर गुड्डो को बिस्तर पर लिटाया।

'कमला, मेरी चारपाई भी यहीं लगा दो और अपना बिस्तर भी यहीं ले आओ।' राजीव ने कमला से कहा, 'तबियत ज़्यादा न बिगड़े रात में।'

कमला ने राजीव के कहे को तत्काल पूरा किया और गुड्डो का सिर सहलाने लगी। माई भी अपना काम निपटाकर कटोरी में कड़ुआ तेल में लहसुन-हींग पकाकर वहीं ले आई और गुड्डो के तलवों में मालिश करने लगी। बाहर गर्जन-तर्जन लगा था। कमला और माई आपस में बतिया रहीं थी – 'जेकरे घरे बारात आवे के होई आज, सब सत्यानाश हो जाई।' सोने से पहले राजीव ने गुड्डो के माथे पर हाथ रखकर देखा, बुखार था अभी। राजीव के सोने के बाद भी कमला और माई कुछ देर जगी रहीं। रात भर रुक-रुककर वर्षा होती रही। रात में एक बार राजीव की नींद खुली, वह बाथरूम जाने के लिए उठा। माई और कमला गुड्डो की

खाट के पास ही ज़मीन पर अपना बिस्तर बिछाकर सो रही थीं। उसने गुड्डो का माथा छुआ, बुखार नहीं था। राहत महसूस हुई।

. . .

'एई गुड्डो उठो सुबह हो गई।' राजीव ने गुड्डो को झकझोरते हुए कहा। पिछले पन्द्रह मिनट से वह उसे जगाने की लगातार कोशिश कर रहा था, पर वह थोड़ा-सा कुनमुनाती, करवट बदलती और फिर सो जाती। तंग आकर उसने उसे कसकर झकझोर दिया। बेचारी हड़बड़ाकर उठ बैठी। पहले तो नींद से जगाए जाने पर उसे कुछ समझ में नहीं आया।

'क्यों जगाया हमें? अभी तो रात है।'

'रात है? साढ़े चार बज गए हैं। महारानीजी, उठिए। मैं जा रहा टहलने तब तक तुम बैठकर पढ़ो। चाय पीने का मन होगा, तो माई को जगा लेना। ख़ुद बनाना आता हो, तो कोई बात ही नहीं।'

'जैसे इन्हीं को तो सब आता है। और यह इतनी सुबह जगाने की क्या ज़रूरत थी!' गुड्डो मन-ही-मन चिढ़ती रही, पर जब उसने राजीव को कमरे से बाहर जाते देखा, तो झपटकर बिस्तर से नीचे उतरी। चप्पलें पहनी और कपड़े की सिलवटें हाथ से ठीक करती लपककर उसके पास जा पहुंची।

'यह क्या? तुम कहां चलीं?'

'तुम्हारे साथ।' गुड्डो ने फटाक से कहा।

'लेकिन मैं तो टहलने जा रहा हूँ।'

'तो हम भी चलेंगे।'

अजीब मुसीबत है। हर बात में 'हम भी करेंगे'। राजीव बुरी तरह चिढ़ गया।

'नहीं, नहीं, मैं नहीं ले जाऊंगा। अभी रात में बुखार था, इस समय टहलने जाओगी? चुपचाप यहीं रहो।'

'हम भी जाएंगे।' गुड्डो एकदम रूआंसी हो गई, 'हमें यहां डर लगेगा।'

'अरे, तो बुल्लके क्यों चुआने लगी? और ये 'डर लगेगा' क्या तुम्हारा तकिया कलाम है? माई है, कमला है। डर कैसा?'

गुड्डो ने चारों ओर देखा। माई और कमला कमरे मे नहीं थीं। उनका बिस्तर भी नहीं था। दोनों जा चुकी थीं। अब इतनी बड़ी हवेली में गुड्डो उन्हें कहां ढूंढ़ेगी।

'अच्छा चलो!' राजीव ने आजिज़ी से कहा।

गुड्डो को ख़ुश होते कितनी देर लगती है। तुरंत चेहरे पर हँसी खिल गई। इधर राजीव यह सोचकर कुढ़ रहा था – 'क्या पड़ी थी उसे, जो इस मुसीबत को जगाया।'

माई जग चुकी थी। उनसे कहकर राजीव गुड्डो को लेकर बाहर आ गया। माई काफ़ी अरसे से इस घर में रहती आई थी। बाल-विधवा होने के कारण बड़े ठाकुर ने उन्हें अपने यहां शरण दी थी और तभी से उन्होंने इस घर को अपना घर मान लिया था। छोटे ठाकुर को उन्होंने गोद में खिलाया था इसलिए वह उन्हें माँ जैसा आदर देते थे। हालांकि अब उनकी उम्र अधिक हो गई थी फिर भी वह फिरकनी की तरह सारे घर में दौड़ती रहतीं। गुड्डो को उनसे बड़ा डर लगता था। इसका एक कारण था। माई को अफ़ीम की बुरी लत थी और जब अफ़ीम का शोक उन पर चढ़ जाता, तो उसी धुन में अंट-शंट बड़बड़ाने लगती। शरीर ऐंठने लगता और बेहोशी भी आने लगती। दीदी लोग कभी-कभी मज़ाक़ में उनके पास मिर्ची जलाकर रख देतीं और गुड्डो को डराने के लिए कह देतीं, 'माई को चुड़ैल ने पकड़ा है।' और गुड्डो दुनिया में किसी चीज़ से नहीं डरती सिवा भूत-चुड़ैल के।

अभी सुबह पूरी तरह हुई नहीं थी। रात की वर्षा से हवा में ठंडक थी। सारा वातावरण भीगा-भीगा-सा था, राजीव तेज़ क़दम उठाता आगे बढ़ता जा रहा था। उसके साथ चलने में गुड्डो को दौड़ना-सा पड़ रहा था। बाग तक पहुंचते-पहुंचते उसकी हँफनी छूट गई। आख़िर उसके सब्र का बांध टूट गया। यूं भी सब्र करना इस लड़की ने सीखा ही नहीं था। एक जगह खड़ी होकर वह ज़ोर से चीख़ पड़ी, 'एईईई...'

राजीव चौंककर पीछे मुड़ा, तो गुड्डो को खड़ा पाया।

'क्या है?' वह क़रीब आकर बोला।

'इतना तेज़ क्यों चलते हो? मेरे पैर दुखने लगे।'

राजीव का ख़ून अंदर तक जल उठा। गुर्राकर बोला – 'मैंने तुमसे साथ आने को नहीं कहा था। चलना हो, तो चुपचाप चलो, समझी!' अचानक राजीव की आंखें गुड्डो के दोनों हाथों पर गईं। उसके हाथों में कच्ची अमिया थी।

'ये हाथ में क्या लिया है तुमने?' उसने उसे घूरते हुए पूछा।

गुड्डो उसकी कड़ी आवाज़ से सहमते हुए बोली, 'अमिया है। हमें अच्छी लगती है।' राजीव को कच्ची अमिया से जाने क्यों सख़्त चिढ़ थी। किसी को खाते देख लेता, तो झुरझुरी-सी होती।

'अच्छी लगती है! अभी रात इतनी तबियत ख़राब थी, अब अमिया खाएंगी। गंदी कहीं की। चलो फेंको इसे, ज़रा भी अक्ल नहीं तुम्हें।'

राजीव ने तेज़ स्वर में कहा। गुड्डो बुरी तरह सहम गई। आज तक किसी ने उसे कड़े शब्द नहीं कहे थे। सभी उससे प्यार करते थे, उसके नाज उठाते थे। लेकिन यह आदमी जाने क्यों उससे खार खाए रहता है। सोचते हुए उसकी आंखों में आंसू आ गए। सुबकते हुए वह बोल पड़ी, 'तुम क्यों हमें डांटते रहते हो हमेशा?'

राजीव हतप्रभ-सा खड़ा रह गया। गुड्डो की आंखों में आंसू देखकर उसे अपराधबोध हुआ। बेचारी को बेकार में रुला दिया। गुड्डो बुरा-सा मुंह बनाए सिसक रही थी। राजीव ने कुछ सोचते हुए उसका कंधा पकड़ा और बहुत प्यार से बोला, 'अरे पागल लड़की, इतनी जल्दी कहीं रोते हैं। वह तो तुम्हारी तबियत ख़राब थी न इसलिए। अच्छा माफ़ कर दो। चलो अब ख़ुश हो जाओ। देखो मैंने माफ़ी भी मांग ली। अब कभी नहीं डांटूंगा, प्रॉमिस!'

गुड्डो की आंखें चमक उठीं। वह तुरंत मुस्कुराने लगी।

अपनी सोच में गुम राजीव अपने साथ गुड्डो के होने की बात भी भूल गया था, पर दरअसल वह सोच गुड्डो के बारे में ही रहा था। यह कितनी अलग है अपनी उम्र की और लड़कियों से। आजकल की पंद्रह-सोलह साल की लड़कियां तो ख़ूब चंठ-चालाक होती हैं। फ़िल्मी हीरो, लव अफ़ेयर और फ़ैशन, यही उनकी दुनिया होती है। अपने साथ पढ़नेवाली कुछ लड़कियों से उसकी दोस्ती थी, जिनसे वह किसी भी विषय पर बात कर सकता था। उसके घर के आस-पास रहनेवाले परिवारों की लड़कियां, जो उस दादा, भैया कहती हैं, पर उनमें से कुछ उस पर बुरी तरह क्रश रखती हैं और इसी वजह से आपस में एक-दूसरे से ईर्ष्या भी करती हैं, यह बात वह बख़ूबी जानता था। गुड्डो उन सब से अलग-सी थी, पर वह अलग-सी चीज़ क्या है, समझ नहीं आता उसे। बांध पर पहुंचकर जब उसे इसका ध्यान आया, तो उसने गुड्डो को देखा, जो थकी-थकी-सी लग रही थी। माथे पर पसीने की बूंदें चमकने लगी थीं।

'अरे, तुम तो थक गई। इसीलिए मैंने कहा था मत चलो, पर...' राजीव कुछ बुरा कहने ही वाला था, पर गुड्डो के चेहरे के भाव देखकर वह चुप रह गया।

'अच्छा, चलो यहीं बैठ जाओ।' राजीव ने उसे एक पत्थर दिखाते हुए कहा, 'अभी आधे घंटे में चलते हैं।'

गुड्डो सचमुच थक गई थी, सो चुपचाप बैठ गई। कुछ देर तो वह राजीव को जॉगिंग करते हुए देखती रही फिर उसने नदी की ओर मुंह घुमा लिया।

उगते सूरज की लाल-पीली किरणें नदी के पानी में छिटकी किसी रेशमी चादर की भांति ही प्रतीत हो रही थीं। राजीव थोड़ा-बहुत कसरत करके आकर गुड्डो के पास ही बैठ गया, 'ऐ गुड्डो! क्या देख रही?'

'नदी!' गुड्डो ने संक्षिप्त-सा उत्तर दिया।

राजीव को इस गांव में सबसे अच्छी जगह यही लगती थी। वह जब भी यहां आता, अपनी सुबह और शाम यहीं बिताना उसे पसंद था। बांध पर टहलना उसे बहुत अच्छा लगता था। एक तरफ़ पानी से लबालब भरी राप्ती नदी और दूसरी ओर आम का बाग़ीचा। बाग़ीचे के दूसरी तरफ़ हवेली यहां से साफ़ दिखती थी। डूबते और उगते सूरज को उसने यहां अकेले बैठकर कितनी ही बार निहारा था। अकेले बांध पर कितनी चहलक़दमी की है उसने।

गुड्डो ठुड्डी पर हाथ धरे नदी की तरफ़ देख रही थी। राजीव भी चुपचाप वहीं पड़े एक दूसरे पत्थर पर बैठ गया।

'क्या देख रही हो?'

'नदी!' गुड्डो खोई हुई-सी बोली, 'हमने इत्ते पास से कभी नदी नहीं देखी थी।'

'क्या सच में?' राजीव आश्चर्य में था।

'सच में।' गुड्डो ने अपनी बात पर ज़ोर देकर कहा। राजीव के लिए यह बात सचमुच अद्त थी। बनारस में उसने अनगिनत बार दशाश्वमेध घाट पर स्नान किया था। कानपुर में भी गंगा नदी में बोटिंग की थी।

'एई! हमें नाव में बैठना है।' राजीव का प्रसन्न मुख देखकर गुड्डो ने हिम्मत कर मन की बात कह दी।

'फिर सनक गई लड़की!' राजीव ने मन-ही-मन सोचा और टालने की गरज से कहा, 'आज नहीं, किसी दिन शाम को।'

'प्रॉमिस?'

'हाँ भाई! प्रॉमिस।'

• • •

माई ने चाय-नाश्ते का प्रबंध कर दिया था। मौसी और दीदी लोग शाम से पहले आनेवाली नहीं थीं। दोपहर का खाना राजीव, माई और गुड्डो ने मिलकर बनाया। गुड्डो को बड़ा मज़ा आ रहा था। चूल्हे के पास बैठी गुड्डो का मुंह लाल हो गया था धुएं के कारण।

आंखें आंसुओं से लबालब भरी थीं। माई दूर बैठी दोनों का तमाशा देख रही थीं। खाना बनानेवाली ब्राह्मणी, जिन्हें लोग मतवा कहते थे, वह बिना नमक-हल्दी की दाल, आलू का चोखा और दो रोटी बनाकर, भगवान का भोग निकाल चुकी थीं। अब राजीव और गुड्डो लगे थे आड़ी-तिरछी रोटी बेलने-सेकने में।

खाने के बाद राजीव लेट गया। गुड्डो अपना बैग उठा लाई और सारा सामान पलंग पर पलटकर उन्हें ठीक से जमाने बैठ गई। राजीव ने एक नज़र उस पर डाली और फिर आस-पास छितराए सामान को देखा। रंग-बिरंगी हेयर पिन, हेयर बैंड, कॉमिक्स, नेलपॉलिश, चुन्नियां। 'ज़रा भी सलीका नहीं है इसे।' बैठते हुए उसने सोचा।

'यह सब ऐसे रखते हैं?'

'पता नहीं कैसे हो गया? हमने तो ठीक से रखा था।' उसने अपनी फ्रॉक में तह लगाते हुए सफ़ाई दी।

'हाँ भाई, तुम्हारी तो कोई ग़लती ही नहीं।'

गुड्डो ने सारी चुन्नियां अलग कीं और राजीव की सहायता से उन्हें तह करने लगी, जैसे अपने स्कूल के दुप्पट्टे को एक तरफ़ भाई, पापा या जीजाजी, जो उस समय उपलब्ध हो, उसे एक तरफ़ का हिस्सा पकड़ना पड़ता था।

'इनपर प्रेस क्यों नहीं कर देती?'

'जल जाएगी तो?' गुड्डो ने तड़ाक से जवाब दिया।

'अच्छा, जब मैं अपने कपड़े प्रेस करूंगा, तब देना। इनपर भी कर देंगे।'

गुड्डो ने एकबार अविश्वास से उसकी ओर देखा फिर अपने काम में जुट गई।

राजीव ने फिर हाथ की पत्रिका आंखों के सामने कर ली। गुड्डो ने बैग उठाकर एक ओर रख दिया और हाथों से बिस्तर की गंदगी झाड़कर साफ़ करके बैठती हुई बोली, 'एई! टॉफ़ी खाओगे?' उसने राजीव का पांव हिलाते हुए पूछा।

'नहीं', राजीव ने कहा फिर थोड़ा रुककर बोला, 'अच्छा लाओ, पर यह टॉफ़ी कहां से पा गई?'

'मेरे पास थी।' गुड्डो ने उसे टॉफ़ी देते हुए कहा और कॉमिक्स लेकर दूसरे कमरे में सोने चली। उस कमरे में टीवी था और अब लाइट भी आ गई थी। माई, कमला और दो-तीन नौकर वहीं बैठे थे टीवी चलाकर।

राजीव ने मुस्कुराकर करवट ली और सो गया। राजीव जब सोकर उठा, तो गुड्डो सो रही थी छाती पर कॉमिक्स धरे।

जब अम्मा लोग आईं, गुड्डो तब भी सो रही थी। राजीव गुड्डो के साथ बीते अपने दिन का अनुभव अम्मा लोगों को सुनाने बैठ गया। गुड्डो इस बीच जग गई थी और अपनी नई बनी सहेलियों के पास भाग गई थी। मौसी और दीदियों ने उसे आवाज़ भी दी, 'आज आराम करो, नहीं तो तबियत ज़्यादा न ख़राब हो जाए।'

उस समय राजीव और बाक़ी सब बैठकर बात ही कर रहे थे, जब गुड्डो की चीख़ सुनाई दी। राजीव कूदकर जल्दी से सीढ़ियों के पास पहुंचा और एक-एक बार में तीन-चार सीढ़ियां फांदता नीचे फिर मंदिरवाले आंगन में जा पहुंचा। अक्सर इस समय वह वहीं सहेलियों के साथ झूला झूलती थी। हल्की बूंदा-बांदी अब तेज़ वर्षा का रूप ले चुकी थी। जब वह घबराया हुआ झूले के पास पहुंचा, तो गुड्डो नीचे गिरी हुई थी। राजीव को देखते ही सारी लड़कियां पल भर में इधर-उधर हो गईं।

'क्या हुआ? गिरी कैसे?'

गुड्डो ने झूले की ओर देखा, रस्सी टूट गई थी।

'रीता और मीना दोनों इतने ज़ोर से पेंग मार रही थीं। हम मना कर रहे थे।' वह कराहती हुई बोली।

अब तक मौसी और दीदी लोग भी आ गईं। माई और कमला भी घेरकर खड़े हो गए।

'एको मिनट शांति से नाही बइठ सके...'

'उठो अब!'

गुड्डो ने उठने की कोशिश की, पर उसके मुंह से फिर चीख़ निकल गई।

'का हुआ, पैर तो नहीं तोड़ाय ली, हे भगवान!' मौसी ने सिर पर हाथ मारकर परेशान हो कहा।

'अम्मा, तुम थोड़ा शांत रहो।' पूनम बोली। राजीव ने सहारा देकर गुड्डो को उठाया।

गुड्डो रोते-रोते बोलती जा रही थी – 'बहुत दर्द हो रहा है। राजीव को बहुत गुस्सा आ रहा था उस पर। जी चाह रहा था कि दो थप्पड़ लगा दे बस। मौसी की बड़बड़ाहट चालू थी।

'मोच आई है, हड्डी बइठावे के पड़ी...' कमला ने पैर को देखते हुए कहा। माई एक तसले में पानी गरम करके लाई, 'एमे पैर डाल ल बहिनी... छोटका के पठईने बानी कहरौटी, ओकर बाबा दुई मिनट में हड्डी बइठा दिहें।'

थोड़ी देर में ही छोटा अपने बाबा को लेकर हाज़िर हो गया। पर गुड्डो जब उसे अपना पैर छूने दे, तब न। वह बेचारा जैसे ही उसके पैर की तरफ़ हाथ बढ़ाता, वह उसका हाथ झटक देती।

'बहिनी देखे त देईं, तनक नहीं दुखाई...' पर यह तो गुड्डो थी। आख़िर थककर उसने राजीव से सहायता मांगी, 'बाबू तनि रऊरा पकडीं इनकर दूनो हाथ।'

राजीव गुड्डो का हाथ पकड़कर वहीं बैठ गया।

'छोड़ो हमको, हम नहीं कराएंगे...' कहते-कहते गुड्डो रुआंसी हो गई। दीदी लोग पहले ही उस दृश्य से घबराकर अंदर चली गई थीं। सिर्फ मौसी थीं वहां। बूढ़े के अनुभवी हाथों ने अपना हुनर दिखाना शुरू किया और गुड्डो का चेहरा दर्द से विकृत होने लगा। राजीव के बाहुपाश को चुनौती देती उसकी छटपटाहट राजीव को भी क्लांत कर रही थी, 'गुड्डा, प्लीज़... ठीक हो जाएगा अभी', राजीव ने कोमल स्वर में कहा। मौसी भी दाँत से होंठ दबाए थीं।

'दर्द हो रहा है...' अवरुद्ध कंठ से गुड्डो ने कहते हुए अपना सिर राजीव के सीने पर धर दिया। अगले दो मिनटों में दर्द की एक तेज़ लहर के साथ कट्ट की आवाज़ के साथ बूढ़े ने उसका पैर छोड़ दिया। पल भर को गुड्डो बिलबिला गई, पर फिर एक राहत भरी थकान से उसका बदन शिथिल हो गया।

'हद है, इतना-सा दर्द तुमसे नहीं बर्दाश्त होता!' राजीव ने हल्के हास्य से कहा।

कमला के हाथ से गर्म दूध का गिलास लेकर गुड्डो के हाथ में थमाते हुए मौसी ने उसे पुचकारते हुए कहा, 'इ लो, फटाक से आंख बंद करके पी तो जाओ। इतना-सा दरद नहीं सह पाती। ज़िंदगी कैसे कटेगी रे तेरी।'

दूध देखते ही गुड्डो ने नाक-मुंह सिकोड़ना शुरू कर लिया, पर एक तरफ़ मौसी, दूसरी तरफ़ राजीव को घूरते देख उसे चुपचाप दूध पीना पड़ा।

रात को गुड्डो तो जल्दी ही सो गई, पर राजीव, पूनम, नीलम देर तक बतियाते रहे। राजीव को सुबह ही गोरखपुर जाना था। वहां बेतियाहाता, नक़्खास मुहल्ला में कई पट्टीदार रहते थे। उनसे मिलना था और बाबूजी अभी तक नहीं आए थे, उन्हें भी साथ लाना था। इसलिए वह भी बातचीत बंद करके सोने चला गया। पर नींद थी कि आती ही नहीं थी। गुड्डो का दर्द से तना और आंसुओं से भीगा चेहरा अपनी छाती पर महसूस कर वह सिहर जाता। अपनी कमीज़ की हालत देख उसके होंठों पर मुस्कान आ गई। जब उसे नींद आई, उस समय गुड्डो ही छाई थी उसके मन में। और गुड्डो मज़े में सो रही थी, इस बात से बेख़बर कि कोई उसके बारे में सोच रहा है, चिन्तित है!

· · ·

अपनी आदत के मुताबिक़ राजीव सुबह जल्दी उठ गया। नित्यकर्म से निवृत्त होकर चाय पी। अम्मा उठ गई थीं। वह सैर पर चला गया। लौटा, तो गोरखपुर जाने की तैयारी करने लगा। मोटरसाइकिल तो बाबूजी लेकर गए थे, तो उसने जीप ले जाना निश्चित किया। लौटते में बाबूजी को भी साथ ले आएगा। मोटरसाइकिल बाद में कोई ला देगा। मात्र चालीस किलोमीटर तो है गोरखपुर। दिन में कई बार आया-जाया जा सकता। जाने से पहले गुड्डो को देखने गया, तो वह गले तक चादर ओढ़े सोई थी।

'यह उठी नहीं अब तक?' चिंतित होकर उसने गुड्डो का माथा छुआ, हल्का बुखार-सा लगा।

'अम्मा, इसके लिए दवा भी लानी होगी।'

अम्मा ने भी चिंता में सिर हिलाया। 'शाम नहीं, तो सुबह तक ज़रूर आ जाना' की हिदायत लेकर राजीव चला गया।

दिन चढ़ा जब, तो बुखार उतर गया था, पर मुंह का स्वाद कसैला हो रहा था। पैर का दर्द भी अभी गया नहीं था। नहाने के बाद भी उसकी सुस्ती नहीं मिटी।

राजीव गोरखपुर गया है, यह जानकर पहले तो उसे राहत महसूस हुई, पर फिर पता नहीं क्यों उदासी छा गई! ख़ाली-ख़ाली-सा लग रहा था। ऐसा क्यों है, यह वह नहीं जानती थी, न जानने का प्रयत्न ही करना चाहती थी।

दोपहर को उसकी सखियां आ गईं। उनके साथ भी वह अनमनी रही, पर शाम को सहज हो गई। दौड़-भागवाले खेल खेलने में तो वह उस्ताद थी ही। मंदिरवाले अहाते में 'गेदा भड़भड़' खेल में दीदी लोग भी शामिल हो गईं।

शाम होते ही छत को पानी से धुलकर रोज़ की तरह चारपाइयां बिछ गई थीं। सब लोग बातें कर रहे थे। नीचे रसोई में मतवा खाना बना रही थीं। हमेशा की तरह बिना लहसुन-प्याज का सात्विक खाना। ठाकुरजी को भोग जो लगाना होता है। आँधी, पानी, गर्मी, जाड़ा कुछ से इस कार्य में व्यवधान नहीं पड़ता। दो मंदिर हैं। एक बाहर और एक भीतर अहाते में, जिससे लगा हुआ कुआं है। इस हवेली के जल का स्रोत यही कुआं है। सुबह-सुबह दो कहार नीचे के बाथरूम और ऊपर के बाथरूम की सारी बाल्टियों और एक आदमक़द टंकी को पानी से भरते। मौसी गुड्डो को अक्सर बरजती रहती थीं, 'कुएं पर बिलकुल मत जाना।' गुड्डो वैसे भी उधर नहीं जाती। कुआं, मंदिर और मंदिर से लगा बहुत पुराना पीपल का पेड़, ये सब मिलकर बहुत भय पैदा करते थे। उस पर दीदी लोग शाम होते ही भूत-चुड़ैल का क़िस्सा छेड़ देतीं।

. . .

अगले दिन दस बजे तक राजीव और मौसाजी आ गए थे। कल शाम गोरखपुर में तेज़ बारिश हो रही थी। फिर बाले काका ने रोक भी लिया। गोश्त-मछली बनवाया था। इतने दिनों बाद भतीजा आया था। राजीव परिवार में सबका प्रिय था। ठाकुर साहब नहा-धोकर हाथ में किताब लेकर बाहर चले गए। राजीव घर में गुड्डो को न देखकर आश्चर्यचकित हो गया। नीलिमा से पता चला कि महारानीजी साड़ी पहनकर सहेलियों के साथ बाग़ीचे में झूला झूलने गई हैं।

'हद है! कल इतनी तबियत ख़राब होने के बाद भी वह झूला झूलने चल दी।'

उसने कुछ देर गुड्डो का इंतज़ार किया। फिर कैमरा लेकर स्वयं बाग़ीचे की ओर चल दिया। सोचा, कैमरे में भरी रील का श्रीगणेश चलो गुड्डो की फ़ोटो खींचकर ही किया जाए। उसे फ़ोटोग्राफ़ी का बड़ा शौक़ था।

बाग में बिलकुल बीचोबीच ख़ूब बड़े-से आम के पेड़ पर मोटे रस्से से ख़ूब लम्बा-चौड़ा पटरा डालकर झूला पड़ा था।

'सखी श्याम नहीं आए, घिर आई बदरी...' समवेत स्वर में लड़कियों के अल्हड़-अनगढ़ कैशोर्य के कच्चे गले से निकली आवाज़ तथा बीच-बीच में मस्ती और उत्तेजना से भरी मीठी हंसी, जो झूले के पेंगों के साथ ऊपर-नीचे होती पल-पल परिवर्तित हो रही थी। झूला काफ़ी बड़ा था, पर उतना बड़ा नहीं, जितनी लड़कियां उस पर सवार थीं।

राजीव ने झूले पर बैठी गुड्डो के अस्त-व्यस्त हाल पर एक नज़र डाली और फटाफट तस्वीरें उतारने लगा। ठेठ गांव की लड़कियों के बीच गुड्डो बिलकुल अलग लग रही थी। दीदी की साड़ी, जो उसने बड़े शौक़ से पहनी थी, उसमें उसने अपने आप को अजीब तरह से लपेट रखा था। लड़कियां खुले गले और पूरे जोश से कजरी गाने मे व्यस्त थीं। गुड्डो कभी उनके साथ सुर में सुर मिलाने की कोशिश करती, कभी बीच में ही हंसने लगती। तभी लड़कियों का ध्यान राजीव पर चला गया और तार सप्तक पर चल रहे गीत पर मानो ब्रेक लग गया।

एक शरारती लड़की धीरे से बुदबुदाई, 'ल्यो श्यामजी आ गए...'

झूले को रुकते देख अचम्भित गुड्डो ने जब राजीव को देखा, तो वह भी जल-भुन गई, 'पता नहीं क्यों, यह हमारे हर काम में गड़बड़ी कर देते हैं। हर जगह पहुंच जाते हैं अपनी दादागिरी दिखाने।'

राजीव को देखते ही सारी लड़कियां तुरंत भाग लीं।

'ख़ूब झूला झुलाई हो रही है!' राजीव ने झूले की रस्सी पकड़कर कहा, 'लगता है, टाँग तुड़वाए बिना मानोगी नहीं। एक बार झूले से गिरकर मन नहीं भरा न!'

गुड्डो उसकी बात को अनसुना कर यों ही मुंह फुलाए बैठी रही।

'अरे मुंह क्यों फुला रखा है गोलगप्पे-सा?' उसकी चोटी हिलाते हुए राजीव ने उसे चिढ़ाया।

'आपसे मतलब? हम नहीं बोल रहे आपसे। मेरी सहेलियों को भगाकर बहादुरी दिखा रहे!' गुड्डो ने अपनी चोटी छुड़ाते हुए कहा।

'अरे वाह! नहीं बोल रहे, इतनी हिम्मत?' राजीव को उसे खिझाने में मज़ा आ रहा था।

‘और यह साड़ी क्यों पहनी गई है?’ राजीव को नाक चढ़ाई हुई गुड्डो बड़ी भली लग रही थी।

‘मेरा मन...’ गुड्डो यों ही चिढ़ती हुई बोली।

‘अरे वाह रे मनवाली! बित्ता भर की हैं और साड़ी पहनने का शौक़ चढ़ा है। चलो, उतरो झूले से। अम्मा बुला रही हैं।’

गुड्डो झूले पर से एक झटके में उतरी, पर पांव साड़ी में उलझ गया और वह गिर ही पड़ती कि राजीव ने ‘अरे रे! अभी तो मुंह टूटा होता तुम्हारा’ कहते हुए उसे संभाल लिया। लेकिन गुड्डो की साड़ी तो खुलकर ज़मीन पर लोटने लगी। गुड्डो हतप्रभ... राजीव का हंसी के मारे बुरा हाल। गुड्डो रुआंसी हो गई।

‘अरे, तो रोने की क्या बात है? स्कर्ट तो पहनी हो न!’ राजीव अपनी हंसी रोकते हुए बोला।

दरअसल गुड्डो ने स्कर्ट के ऊपर ही साड़ी बांध ली थी। राजीव ने ज़मीन पर और आधी गुड्डो के कंधे पर अटकी साड़ी को समेटकर उसके हाथ में थमाया और बोला, ‘चलो।’

गुड्डो रास्ते भर मुंह फुलाई रही, पर घर आकर ख़ुश हो गई। राजीव गोरखपुर से उसके लिए ढेर सारी चॉकलेट और कॉमिक्स लाया था। पूरे दिन वह बिस्तर पर पसरी कॉमिक्स पढ़ती रही।

· · ·

राजीव के साथ गुड्डो भी सुबह उठकर सैर करने जाने लगी थी। नीलम और पूनम भी साथ हो लेतीं। लेकिन इन लोगों का नियम राजीव की तरह नहीं था। अक्सर नागा कर देतीं। कभी-कभी गुड्डो भी अलसा जाती।

आज नाश्ता करने के बाद गुड्डो और पूनम बाबूजी के साथ सामनेवाले बाग में गए थे। वह आम तुड़वाने जा रहे थे, सो लालच में वे दोनों भी साथ लग लीं। राजीव देर तक पढ़ता रहा। इस बीच छोटका वहां दो चिट्ठियां लाकर उसे दे गया। एक समर की थी। अंतर्देशीय गुड्डो की थी।

‘अम्मा! गुड्डो कहां है? उसकी चिट्ठी आई है।’ राजीव ने अम्मा से पूछा।

‘ऊ तो बारीचे में गई है।’

'अम्मा! समर का भी पत्र आया है। बस आज-कल में सब आ रहे होंगे।' राजीव ने अम्मा को सूचित किया और बाहर निकल गया। देर तक पढ़ने के कारण वह थक गया था इसलिए टहलने के लिए वह भी बाग़ीचे की ओर चल दिया। बाग़ीचे में थोड़ा इधर ही बाबूजी चारपाई पर बैठे मिल गए। आदमी-जन आम तोड़-तोड़कर बोरों में भर-भरकर रख रहे थे। वहां गुड्डो और पूनम नहीं थीं। बाबूजी इस समय भी नशे में थे और एक उपन्यास पढ़ रहे थे।

'बाबूजी! गुड्डो और पूनम कहां हैं?'

'अभी तो यहीं थीं, थोड़ा अन्दर जाकर देखो।' उन्होंने किताब से नज़रें उठाए बिना कहा। राजीव बाग़ीचे में और अन्दर चला गया। गुड्डो एक छोटे-से पेड़ की नीची-सी डाल पर मज़े से बैठी थी। कच्चे आम की फांकों को हथेली पर रखे नमक के साथ खाती और दस तरह के मुंह बनाती। गुड्डो सुन्दरता की तमाम उपमाओं को पराजित कर रही थी।

कच्चे आम को देखकर जिस राजीव के तन-बदन में आग लग जाती थी, पर आज उसके दो क़दम के फ़ासले पर ही गुड्डो महारानी चटखारे ले-लेकर आम का स्वाद ले रही थीं और राजीव मुग्ध होकर उसे देख रहा था।

'क्या हो रहा है गुड्डो?' आख़िर उसने गुड्डो को चौंकाते हुए कहा।

'मैंने मना किया था फिर भी तुम अमिया खा रही हो।'

गुड्डो राजीव को देखकर चौंकी, पर फिर सामान्य हो गई, 'खट्टी बिलकुल नहीं है, आप भी खाओ न।' झट उसने अमिया का एक फांक राजीव की ओर बढ़ा दिया। राजीव ने उसे थाम भी लिया।

'जानती हो, इस समय तुम कैसी लग रही हो?'

'कैसे लग रहे हैं?'

'बिलकुल जंगली बिल्ली।'

'और आप बिलकुल जंगल के बिल्ला।'

'अब तुम झापड़ खाओगी। ज़रा भी तमीज़ नहीं है, बड़ों से कैसे बात की जाती है! मालूम है, तुमसे बड़ी-बड़ी लड़कियां मेरे साथ पढ़ती हैं? सब मुझसे डरती हैं। लेकिन तुम तो बिलकुल सिर पर चढ़ गई हो।'

राजीव के इस लेक्चर का गुड्डो पर कोई असर नहीं हुआ।

'चलो, उतरो या फिर इसी पर बैठे रहने का मन है?' कहते हुए राजीव ने गुड्डो के दोनों हाथ पकड़े और उसे डाल से नीचे उतार दिया। अब तक पूनम भी आ गई थी। वह भी अमिया खा रही थी।

'खाओ तुम लोग ख़ूब कच्ची अमिया, जब तबियत ख़राब होगी, तब पता चलेगा।'

घर आकर उसने गुड्डो का पत्र उसे दे दिया। पत्र गुड्डो के भाई का था। गुड्डो को फिर घर की याद आने लगी। कुछ करने को था नहीं। उस दिन शाम को जब सोकर गुड्डो उठी, तो घर में बड़ी चहल-पहल थी। कई लोगों की बात-चीत करने की आवाज़ आ रही थी। पता चला, राजीव के छोटे भाई समर और गोरखपुरवाले चाचा के दोनो लड़के, विजय और विनय आए हुए थे। राजीव उन्हीं के साथ व्यस्त रहा।

समर भी इंजीनियरिंग कॉलेज में पढ़ता था, विजय बैंक में कार्यरत था और विनय बेंगलुरु इंजीनियरिंग कॉलेज में पढ़ता था। वे भाई भी थे और दोस्त भी।

राजीव ने उस दिन एक बार भी गुड्डो की सुध नहीं ली। रात को सबके साथ खाना खाने बैठा, तो गुड्डो को न देखकर चौंक पड़ा। मुंह पर गया कौर वापस थाली में डालकर अम्मा से पूछ बैठा, 'अम्मा! गुड्डो कहां है? शाम से नहीं दिखी।'

'वह तो सो रही है।' नीलम ने कहा।

'खाना खाया उसने?'

'नहीं। कहती है, भूख नहीं है।'

'अरे! ऐसे कैसे भूख नहीं है। रुको, मैं लाता हूँ उसे।'

'भइया, वह उठेगी नहीं।' पूनम ने कहा।

'तुम लोग खाना शुरू करो। मैं अभी आता हूँ।' कहकर राजीव ऊपर चला आया। आते हुए उसने तीनों लड़कों को नहीं देखा, जो आंखों-ही-आंखों में कुछ मंत्रणा करके मुस्कुरा रहे थे।

थोड़ी ही देर में वह गुड्डो को साथ लिए कमरे में आया। एक साथ कई जोड़ी आंखें उसकी ओर उठ गईं। निर्मल आंखों में नींद भरे वह आकर समर की कुर्सी के ठीक सामने बैठ गई। राजीव ने उसका खाना भी मंगवा लिया।

'हमें भूख नहीं है, हमने कह दिया न।' उसने राजीव को घूरते हुए कहा।

'एक झापड़ पड़ेगा, बस भूख को लगते कितनी देर लगती है। बग़ल में ही बैठी हो।' कहते हुए राजीव ने उसकी चोटी हिला दी। फिर गुड्डो का फूला मुंह देखकर स्वर को कोमल बनाते हुए बोला, 'महारानीजी, दवा भी खानी है न, तो इसलिए थोड़ा-सा खा लो।'

गुड्डो को बहुत बुरा लग रहा था। इतने लोगों के सामने कोई इस तरह डांटता है भला! और यह सब बातें कितनी करते हैं। एक भी बात गुड्डो के पल्ले नहीं पड़ती। खाना खाने के बाद भी वहां बैठना गुड्डो की मजबूरी थी। डर के मारे वह अकेले ऊपर जा नहीं सकती थी। दीदी लोग उसे नींद में अकेले ही ऊपर छोड़कर चली आईं। मन-ही-मन वह इस बात से भी नाराज़ थी।

• • •

सुबह रोज़ की तरह जब राजीव, गुड्डो और पूनम सैर से लौटे, तो लड़के अभी कमरे में ही थे। राजीव उधर ही चला गया। अपनी चाय उसने वहीं मंगा ली।

'हलो! भाई लोग नींद आई?'

'हम लोगों को तो कसकर आई। अपनी बात करो। तुम्हीं तारे गिन रहे होगे।' विजय ने राजीव की चुटकी ली।

'माने?'

'माने तुम हमसे बेहतर जानते हो?'

समर ने बुरा-सा मुंह बनाकर कहा, 'फिर शुरू हो गए तुम लोग। हद है। आख़िर समझते क्यों नहीं, शी इज़ जस्ट लाइक ए चाइल्ड।'

'बट, शी इज़ इन स्वीट सिक्सटिन एंड वेरी क्यूट टु बी', विनय ने चुहल की, 'छोड़ो, तुम्हारा कुछ नहीं... तो हमीं लाइन में लगें।' विजय के शब्द अभी मुंह में ही थे कि राजीव के चेहरे को देखकर वह सिटपिटा गया।

'शट अप!' आवाज़ इतनी तेज़ थी कि बाहर तक पंहुच गई।

'सॉरी भाई।' विनय ने कहकर सिर झुका लिया। तभी गुड्डो हाथ में कॉपी-किताब संभाले आई और दन्न-से सबकुछ राजीव की गोद में पटककर पास में बैठ गई।

'इतना तेज़ क्यों बोलते हो? पता है, हमारी पेंसिल हाथ से छूटकर पता नहीं कहां गिर गई।' उसने झट सबकी ओर मुंह घुमाकर कहा, 'किसे डांट पड़ी है?' मानो राजीव का तो काम ही डांटना है। फिर विनय का लटका हुआ मुंह देखकर उससे फुसफुसाकर बोली, 'अरे भइया, आप इत्ती-सी बात पे उदास हो गए। हमको तो यह रोज़ डांटते हैं। मालूम है, मेरी चोटियां खींच-खींचकर इतनी पतली कर दीं।' गुड्डो ने अपनी चोटियां दिखाते हुए कहा। गुड्डो के कहने के टोन पर सभी हँस दिए। राजीव ने गुड्डो को डपटते हुए कहा, 'बहुत बकर-बकर कर रही हो। कल वाले ट्रांसलेशन कहां लिखे हैं?'

गुड्डो ने कॉपी खोलकर उसके सामने रख दी और बग़ल में बैठे समर के पास मुंह ले जाकर बोली, 'बहुत डांटते हैं न!'

समर अब तक गुड्डो को लेकर सहज हो गया था। उसकी भोली आंखों और स्वर्गिक चेहरे की निष्पाप गढ़न को देख ईश्वर भी उसके किसी भी भयंकर अपराध को क्षमा करने को प्रस्तुत हो जाता।

एकाएक समर ने उठते हुए शैतानी से सबको देखकर कहा, 'उठो, चलो भाई यहां से। इंजीनियर साहब को ट्यूटर बनने का शौक़ चढ़ा है।' राजीव ने गुस्से से उसे देखा, पर समर और बाक़ी दोनों अपने चेहरे पर भेद भरी शैतानी ओढ़े कमरे से बाहर चले गए।

. . .

राजीव और बाक़ी सब के दिन उस छोटे-से गांव में मज़े में कट रहे थे। राजीव की सुबह की सैर नियम से जारी थी। गुड्डो उसमें शामिल रहती। नीलिमा, पूनम, संजय, विनय भी कभी जाते, कभी नहीं जाते। सैर से लौटने के बाद चाय पीते हुए दिन बिताने का प्लान बनाया जाता। कभी राजीव और समर नदी स्नान करने पहुंच जाते, तो कभी आस-पास के गांवों में घूमने निकल जाते। शाम में अक्सर राप्ती में बोटिंग की जाती। कभी-कभी मौज़ में आकर बाग में पड़े झूले पर धावा बोला जाता। फिर तो इतनी ज़ोर-ज़ोर से पेंग मारी जाती कि झूला टूटकर ज़मीन पर आ जाता।

समर शाम को गुड्डो के साथ बैडमिंटन खेलता। राजीव था चैंपियन इसलिए गुड्डो के साथ खेलना उसे बच्चों का काम लगता।

उस दिन जब मौसी ने राजीव के ब्याह का प्रसंग उठा दिया, तो नीलम, पूनम वगैरह उसके पीछे पड़ गईं, जैसे आज ही उसकी शादी कराके छोड़ेंगी। राजीव के कई दोस्तों की शादी हो चुकी थी।

समर ने कहा, 'अम्मा! जल्दी इसकी शादी कराओ। आख़िर मैं भी तो शादी लायक हो गया हूँ। उसकी इस बेशर्मी पर ज़ोरदार ठहाका कमरे में बुलंद हो गया। गुड्डो को राजीव की शादी के प्रसंग में ख़ूब मज़ा आ रहा था। वह वहीं ज़मीन पर बैठी थी। नीलम उसके लम्बे बालों को गूंथ रही थी। गुड्डो ने पास बैठे राजीव के पैर का अंगूठा हिलाते हुए कहा, 'एई राजीव! हमें भी बुलाना अपनी शादी में।'

'अरे गुड्डो! अभी लड़की तक तो ढूंढी नहीं जनाब ने और तुम शादी में भी आने लगी। जनाब को कोई लड़की ही नहीं पसंद आती।'

'हम खोज देंगे।

'अरे वाह!' समर चहककर बोला, 'कहां से खोज दोगी?'

मेरी इंग्लिश की टीचर हैं। ख़ूब सुन्दर-सी। उन्हीं से करा देंगे। गुड्डो की बात पर कमरे में एक बार फिर हंसी के फव्वारे छूटने लगे।

राजीव खीझ गया, 'ओफ़्फ़ो, यह क्या तुम लोग बिना बात की शहनाई छेड़े हुए हो।'

'अच्छा! अब तुम बनो मत।' समर ने चुटकी ली। पापा ने कुछ लड़कियों की तस्वीरें भेजी हैं। इसी से तो जनाब के नक्शे नहीं मिल रहे।

गुड्डो तुरंत चौकन्नी हो गई। 'अरे! हमें क्यों नहीं दिखाई फ़ोटो? अभी लाते हैं हम। हमारी पसंद से करना शादी।' कहकर वह ज्यों ही जाने को उद्धत हुई, राजीव ने उसे हाथ खींचकर बैठा दिया।

'चुपचाप बैठो यहीं। बड़ा शौक़ चढ़ा है मेरी शादी करवाने का।'

गुड्डो राजीव की घुड़की खाकर चुप बैठ गई।

• • •

गुड्डो को दो दिन से बुखार था। तब भी वह उधम करने से बाज़ नहीं आ रही थी। राजीव जब-तब उसे डपटता है, शांति से बैठने को कहता है। गुड्डो की तबियत की वजह से ही अब तक गोरखपुर जाना कैंसिल हो रहा था। कई दिनों से सब

ने गोरखपुर जाने का प्लान बनाया था। गोरखनाथ मंदिर जाना था। अग्रवाल के यहां आइसक्रीम खानी थी, पर टल रहा था। लेकिन अब कल जाना तय था। पूनम और नीलम से बड़ी बहन सोनम दिद्दा, उनके पति दीपक कुँअर साहब और डेढ़ साल का बेटा आशु कलकत्ता से आ रहे थे। शाम पाँच बजे की ट्रेन थी उनकी। उन्हें लेने तो जीप जाती ही। तय हुआ, कल गोरखपुर सब चलेंगे। न होगा, तो गुड्डो को डॉक्टर से भी दिखा देंगे। और धर्मेंद्र के बेटे की फ़िल्म भी आई है। उसे भी देख लेंगे।

प्रोग्राम निश्चित हो गया। राजीव, समर, विजय, विनय, नीलम, पूनम सभी अलसुबह ही गोरखपुर के लिए निकल लिए। जीप राजीव ड्राइव कर रहा था। उसके बराबर विनय और विजय बैठे थे। गुड्डो, नीलम, पूनम और समर पीछे थे। पीछे बातचीत का विषय गुड़िया की शादी का था। गुड्डो ने सुन रखा था। साल भर पहले पूनम दीदी ने अपने गुड्डे की शादी बड़ी धूम से की थी। बाक़ायदा गुड्डे-गुड़िया की कुंडली मिलाई गई थी। बैंड-बाजे के साथ बारात दूसरे टोले में रहनेवाली उनकी सहेली के घर गई थी। दावत हुई थी। विदाई के बाद द्विरागमन भी हुआ था। उसके बाद से जो कोई हवेली पर आता, पूनम दीदी अपनी गुड़िया से उसका पैर छुआतीं और मुंहदिखाई लेतीं। अब गुड्डो को भी वह सब करना था। मौसी तैयार थीं। ठीक है, करो शादी गुड़िया की।

रास्ते भर गुड्डो और पूनम की बातें शुरू थीं। डेढ़ घंटे में वे लोग गोरखपुर पहुंच गए। फ़िल्म तो बारह बजे शुरू होनी थी, अभी सिर्फ नौ ही बजे थे। तय हुआ, पहले गोरखनाथ चलते हैं। सुबह-सुबह दर्शन करने में अच्छा रहेगा। भीड़ भी कम होगी। गोरखनाथ में प्रसाद लेकर सभी अंदर गए। छोटे-बड़े कई मंदिर बने थे अंदर। एक मुख्य मंदिर भी था। गोरखपुर अंचल में इस मंदिर की बहुत प्रतिष्ठा थी। राजीव तो ख़ूब घूमा था देश के कई मंदिरों में लेकिन किसी धार्मिक भावना से वशीभूत होकर नहीं, सिर्फ पर्यटन के मूड में। वह स्वयं को नास्तिक नहीं मानता था, पर ईश्वर के प्रति कोई अतिरिक्त भाव भी उसमें नहीं था। मनौती, भेंट, चढ़ावा इन चीज़ों मे उसने कभी विश्वास नहीं किया या कहें कि अब तक उसे ज़रूरत ही नहीं महसूस हुई इन चीज़ों की। कोई वस्तु उसके लिए अप्राप्य रही ही नहीं कि वह ईश्वर के आगे याचक बनकर खड़ा होता, पर आज जाने क्यों ईश्वर के दरबार में उसके हाथ अनायास जुड़ गए और हृदय अपने सारे रहस्यों को खोलकर एक दीन-हीन याचक की तरह खड़ा हो गया। गुड्डो चकर-चकर इधर-उधर देख रही थी। राजीव को हाथ जोड़े देख उसने भी अपने हाथ जोड़ लिए, पर उस निष्कलंक हृदय के पास कुछ भी नहीं था मांगने को। निष्कलंक हृदय को कोई सरलता से प्रभावित कर भी नहीं सकता। स्वयं विधाता भी नहीं।

राजीव ने गुड्डो को हाथ जोड़े देखा, तो मुस्कुरा दिया, 'अरे क्या मांगा जा रहा भगवान से?'

'कुछ नहीं।'

'फिर हाथ क्यों जोड़े थे?'

'तुमने भी तो जोड़ा था।'

'अरे, तो जो मैं करूंगा, वही करोगी?'

'हाँ!' गुड्डो ने लापरवाही से कहा। इन लोगों की बातें विनय ध्यान से सुन रहा था। राजीव के पास खिसककर उसके कान में फुसफुसाया, 'ऐसी फरमारदार बीवी तुम्हें दूसरी न मिलेगी। तुम्हारी जोड़ी तो भगवान ने बना ही दी।'

राजीव ने एक मुक्का उसकी पीठ पर जमाया, तो वह 'अरे बाप रे' कहते हुए समर के पीछे छुपने का उपक्रम करने लगा।

गुड्डो को धर्म-कर्म में कोई ख़ास दिलचस्पी नहीं थी, पर मौसी के यहां वह धर्म के कुछ नए रूप-रंगों से परिचय पा रही थी। वहां मतवा खाना बनाती थीं। ठाकुरजी को भोग लगाए बिना कोई खाने को नहीं पाता था। दीदी लोग हफ़्ते में दो-तीन व्रत रखती थीं। साथ-साथ उनके पाले हुए तोता-मैना भी व्रत रखते। आंगन में जब कथा सुनी जाती, तो उस चिड़िया का पिंजरा भी नहला-धुलाकर रखा जाता, जिसका उस दिन व्रत होता। गुड्डो को ये सारी चीज़ें बड़ी दिलचस्प लगतीं। उसकी दुनिया से बाहर की चीज़ें थीं ये। उसकी छोटी-सी दुनिया में ये सब नहीं था।

सामान्य-सी सरकारी नौकरी थी उसके पिता की। तीन कमरों का सरकारी क्वार्टर था, जिसके आगे थोड़ी-सी ज़मीन में फूल-पौधे लगे थे और पीछे आंगन, जहां गर्मियों में रात को चारपाई बिछती और मच्छरदानी लगती थी। पापा रामायण-महाभारत की कहानियां सुनाते, पर यहां मौसी के यहां सब कुछ अलग था। बड़ी-सी हवेली। बड़े-बड़े तीन आंगन। कितने कमरे थे, जिनकी कोई गिनती ही नहीं थी। कितने कमरे तो बंद पड़े थे। हर चीज़ के लिए एक कमरा था। एक कमरे में भूसे से ढके आम रखे थे पकने को। एक कमरे में काठ के बड़े बक्सों में रजाई, गद्दे, तकिए, चादर भरे थे। एक कमरा बर्तन-भाड़ों से भरा था। सब कुछ इफ़रात में।

गोरखनाथ से निकलते ही सभी पहले जुबली टॉकीज़ पहुंचे। लड़कियों को बड़ी हड़बड़ी मची थी। एक भी सीन छूटा, तो पिक्चर का मज़ा जाता रहेगा। पर

काफ़ी वेट करना पड़ा। विनय बाहर जाकर गरम-गरम समोसे ले आया। कोल्ड ड्रिंक भी। पर गुड्डो ने कोल्ड ड्रिंक पीने मे आनाकानी की फिर बाद में पीने लगी। पता नहीं, कैसे लोग गटागट पी लेते हैं! गुड्डो के तो नाक-मुंह से बाहर आने लगती। कितनी बेइज़्ज़ती हो जाएगी उसकी, जो ऐसा हुआ। गुड्डो ख़ूब धीरे-धीरे पी रही थी। तीनों लड़कों ने तो फ़ौरन ख़त्म कर ली अपनी-अपनी बोतलें। पूनम और नीलम का भी आधा से अधिक ख़त्म हो चुका था। बस गुड्डो ही की बोतल पूरी भरी थी।

'ऐ गुड्डो! पी क्यों नहीं रही? गरम हो जाएगा न। फिर मूवी भी शुरू होनेवाली है। सब अंदर जा रहे।' राजीव ने थोड़ी तेज़ आवाज़ में कहा, तो गुड्डो ने जल्दबाज़ी में बोतल मुंह से लगाई और खांसने लगी। सभी हंसने लगे और फट्ट से गुड्डो ने मुंह फूला लिया, 'नहीं पीना मुझे।'

राजीव ने उसके हाथ से बोतल ली और अपने मुंह से लगाकर गटगट पी गया।

'जूठी थी...' गुड्डो मिनमिनाई, पर राजीव ने उसे ठेलते हुए कहा, 'चलो चुपचाप अब! जूठी है, बाद में कहना। अब तो मेरे पेट में गई।' कहते हुए राजीव देख नहीं पाया कि लड़के आपस में आंखों-ही-आंखों में इशारे करके शैतानी से मुस्कुरा रहे। हॉल में भी बैठने का उपक्रम ऐसा किया गया कि किनारे से लड़कियां बैठीं। पहले नीलम फिर पूनम फिर गुड्डो और उसके बाद राजीव फिर समर, विनय और अभय। फ़िल्म तो रोमांटिक ही थी। लव स्टोरी तो गुड्डो की ख़ास पसंद थी। मुंह बाए वह अपनी पूरी इंद्रियों के साथ फ़िल्म मे घुसी थी। बीच-बीच में सुबक भी रही थी। 'मतलब हद है', राजीव मुस्कुराते हुए सोच रहा था। अब गुड्डो को चिढ़ाने के लिए उसे एक और बात मिल गई थी।

फ़िल्म देखकर सभी लोग मोहद्दीपुर में रहनेवाले लालजी चाचा के यहां चले गए। यह सगे पट्टीदार थे, पर गांव में न रहकर गोरखपुर रहते थे। मोहद्दीपुर में उनकी शानदार दोमंज़िला कोठी थी। गांव से लाए ढेरों नौकर थे। बिना पूर्व सूचना के इतने लोगों के आने पर भी कोई फ़र्क़ नहीं पड़ा। एक घंटे में खाना तैयार हो गया। खाते-पीते शाम के पाँच बज गए। सोनम की ट्रेन का समय हो रहा था। वहां से विदा लेकर समर और बाक़ी लोग जीप लेकर स्टेशन चले गए। राजीव गुड्डो के साथ चाचाजी की राजदूत मोटरसाइकिल लेकर डॉक्टर के यहां निकल गया। तय हुआ था कि स्टेशन में मिलेंगे और फिर वहां से चाय पीकर निकल लेंगे।

डॉक्टर के यहां गुड्डो ने ख़ूब बवाल मचाया। कई दिनों से बुख़ार आ रहा, तो सुई लगवानी पड़ी, पर गुड्डो का तो रोना शुरू हो गया। आख़िर राजीव ने डपटा और हाथ पकड़ा, तो किसी तरह सुई लग पाई।

वहां से फिर केमिस्ट की दुकान में दवाई लेने रुके दोनों। बख़्शीपुर में राजीव का कोई दोस्त रहता था। राजीव ने सोचा, उससे भी मिलता चलूँ। फिर जाने कब आना हो यहां! गुड्डो तो ख़ासी बोर हो गई वहां। राजीव जिस तरह गुड्डो को बरत रहा था, उससे अमित ने यही सोचा कि उसकी कोई बहन होगी वह। गोरखपुर में राजीव के बहुत-से परिजन रहते हैं, यह बात उसे पता थी इसीलिए उसने गुड्डो की बाबत कोई दरयाफ़्त नहीं की।

राजीव दोस्त के साथ बातों मे ऐसा खोया कि उसे समय का भान ही नहीं रहा। उसके साथ गुड्डो भी है, वह यह भी भूल चुका था। इस बीच अमित की मम्मी आकर गुड्डो को अंदर ले गईं। अमित की दोनों छोटी बहनें गुड्डो की समवयस्क थीं। राजीव को समय का भान हुआ, तो उसने अंदर से गुड्डो को बुलवाया और अमित से विदा लेकर लालजी चाचा के यहां चल दिया। स्टेशन जाने का कोई औचित्य नहीं था। ट्रेन तो कब की आ गई होगी। अब फिर सबको बातें बनाने का मौक़ा मिल गया। मन-ही-मन खीझ रहा था। राजीव और यह गुड्डो महारानी भी वहां दोस्तियां बनाने लगी। यह नहीं कि याद दिला देती समय से।

चाचाजी के यहां पहुंचकर उसका मूड और ख़राब हो गया। वहां पता चला कि वे लोग उसका काफ़ी देर इंतज़ार करके बस अभी आधा घंटा पहले निकले हैं। सब समझता है वह। बेवकूफ़ नहीं है कि उनकी चाल न समझ सके। चाचाजी के यहां सब रोकते रह गए। मीट बनवाएंगे। यहीं खा-पीकर सो जाओ। सुबह जाना। रात में मोटरसाइकिल लेकर जाना ठीक नहीं रहेगा। पर राजीव ने किसी की नहीं सुनी। गुड्डो तो उसका चेहरा देखकर डर गई थी।

'बैठो', मोटरसाइकिल स्टार्ट करके गुर्राती आवाज़ में उसने गुड्डो से कहा। गुड्डो को बड़ा डर लग रहा था।

'तुम गुस्सा क्यों हो जाते हो इतनी जल्दी? और इतनी तेज़ मत चलाओ। डर लगता है हमें।'

'तो जाओ, उतर जाओ, डर लगता है तो... चुप होकर बैठो, नहीं तो यहीं उतार दूंगा।' राजीव ने गुर्राती आवाज़ में कहा और मोटरसाइकिल की गति और तेज़ कर दी। गुड्डो के तो होश फ़ाख़्ता हो गए। दोनों हाथों से राजीव की कमर जी-जान से पकड़े आंखें बंद किए मन-ही-मन हनुमान चालीसा का पाठ करती

गुड्डो ने अपना सिर राजीव के कंधे से टिका दिया था। बस भगवान! एक्सिडेंट मत करना। वह अब कभी मरते दम तक भी राजीव की मोटरसाइकिल पर नहीं बैठेगी।

अपनी देह से चिपकी गुड्डो को महसूस कर अचानक राजीव का मन फूल-सा हल्का हो गया। सारा गुस्सा ग़ायब हो गया। सारा तनाव, सारी सोच से मस्तिष्क एकदम ख़ाली हो गया। मोटरसाइकिल की गति स्वतः धीमी हो गई। गुड्डो सारे रास्ते चुपचाप उसकी पीठ से टिकी बैठी रही और राजीव का मन हो रहा था, रास्ता कभी ख़त्म ही न हो। वह बिना थके दुनिया की तमाम सड़कों पर यों ही मोटरसाइकिल दौड़ाता रहे और गुड्डो यों ही उसकी पीठ से टिकी बैठी रहे।

पर रास्ता तो ख़त्म होना ही था। राजीव ने जब हवेली के द्वार पर मोटरसाइकिल रोकी, तो गुड्डो मानो नींद से जगी। राजीव को बाहर नौकर से ही पता चल गया था कि समर वगैरह अभी आधा घंटा पहले ही पहुंचे हैं। गुड्डो और राजीव जब अंदर पहुंचे, तो सभी नीचे बैठे चाय पी रहे थे। राजीव ने गुस्से मे आगबबूला होते हुए सबकी अच्छी क्लास ली, 'इतनी क्या जल्दी पड़ी थी, जो हमें छोड़कर चलते बने। कुछ देर रुक जाते, तो क्या आफ़त आ जाती? यह शैतान की नानी भी है, इतना तो सोचना था।'

'मैं शैतान की नानी?' अब तो गुड्डो के सब्र का बांध टूट ही गया। भरभराकर रो पड़ी वह।

'अरे, अरे क्या हुआ?'

'मौसी, यह ख़ुद अपने दोस्त के यहां से नहीं उठ रहे थे और पूरे रास्ते तो हमें डांटते आए हैं, गंदे।'

'चलो भाई! अब लड़ो मत तुम लोग। हाथ-मुंह धुलकर कुछ खाओ-पियो।' मौसाजी ने कहा।

'अरे भाई साले साहब, छोड़िए गुस्सा, हमसे मिलिए। हम आ गए हैं, तो अब हमारी ख़ातिरदारी करने की बजाए आप गुस्सा-गुस्से मे लगे हैं।' जीजाजी की आवाज़ से राजीव सामान्य हो गया और थोड़ी देर में ही वह गुड्डो और उससे जुड़ी सारी बातें भूलकर जीजाजी से बातें करने लगा।

• • •

उस दिन राजीव पहली बार अपने समय पर नहीं उठा। पूरा शरीर टूट रहा था। सुस्ती-सी छाई थी। दो बार चाय लेकर नंदा आया, पर उसने वापस लौटा दिया। गुड्डो को झल्लाहट हो रही थी। आख़िर वह अधीर लड़की कब तक धैर्य रख पाती। और फिर उसने जगाने का सर्वोत्तम तरीका अपनाया और अपने दोनों हाथ पानी में भिगोकर राजीव के गालों पर रख दिए। ठंडे स्पर्श से राजीव हड़बड़ा गया, 'ओ गुड्डो! ये क्या बदतमीज़ी है।'

'अच्छा! हम बदतमीज़ी कर रहे हैं और आप जो हमें इतनी ज़ोर से हिलाकर जगाते हैं, तो...?'

'तो बदला ले रही थी!' राजीव मुस्कुराकर बोला, 'जाओ, गरमागरम चाय लेकर आओ।' उसने कहा और उठकर बाथरूम में घुस गया।

राजीव जब फ्रेश होकर नीचे आया, तो विनय और विजय जाने की तैयारी कर रहे थे। दस बजे तक समर का मन भी उचाट हो गया था। राजीव की तबियत ही ख़राब थी। समर मूड बदलने के लिए बाहर निकल गया और राजीव एक किताब लेकर सुस्त-सा पड़ गया। इतने में गुड्डोजी कॉपी किताब लिए अवतरित हुईं।

'आ गई मिस पढ़ाकू, कहो आज क्या पढ़ना है?'

'पोयट्री', गुड्डो ने बताया।

राजीव पढ़ाने लगा, 'लिली ऑफ अ डे।' जिसका भावार्थ था – 'ज़िंदगी लिली के फूल की तरह होनी चाहिए, जो एक दिन के लिए खिलता है और रात में मुरझा जाता है।'

पोयम का अर्थ समझाने के बाद राजीव ने कहा, 'और कुछ?'

'एक पोयम और पढ़ा दो।'

'जब मैं चला जाऊँगा, तब किससे पढ़ोगी?'

गुड्डो के हाथ पेज़ पलटते हुए रुक गए। लगा, जैसे समय ठहर गया है, 'चला जाऊँगा तब? हां, राजीव चला जाएगा तब? तब गुड्डो क्या करेगी...' गुड्डो को कहीं बहुत तेज़ पीड़ा हुई है और बहुत ही मर्मातंक पीड़ा, जिसे वह शब्द नहीं दे सकती। वह देख रही है निर्निमेष राजीव को और राजीव उसे। शिराओं का सारा ख़ून जैसे झनझनाता हुआ दौड़ पड़ा है उसके भीतर। गुड्डो जो कुछ महसूस कर रही थी, उसकी आंखें, उसके होंठ जो कहना चाह रहे थे, पर जिसे वह समझ

नहीं पा रही थी, वह सबकुछ राजीव समझ गया था। कातर आंखों से उसकी ओर देखती यह लड़की, जिसके होंठ हल्के से खुल गए हैं और राजीव का जी बस यही चाह रहा था कि गुड्डो को इसी क्षण अपने सीने में दुबकाकर उड़ जाए कहीं दूर, जहां कोई न हो।

'गुड्डो, क्या बात है?' उसी ने ख़ामोशी तोड़ी।

'कुछ नहीं' कहकर गुड्डो उठी और कमरे से बाहर चली गई। राजीव का मन फिर जाने कैसा होने लगा। मस्तिष्क में फिर वही कुलबुलाहट। शरीर की सारी नसों में इतना खिंचाव, जैसे सारी की सारी अभी चरमराकर टूट जाएंगी। आंखें बेहद कडुवाई हुईं जाने वह कितनी देर तक यों ही बैठा अपने से उलझता रहा।

'राजीव!' समर ने उसका ध्यान भंग किया, 'क्या बात है, किस सोच में पड़े हो?'

'कुछ नहीं।' राजीव ने बुझे स्वर में बोला।

'गुड्डो के बारे में सोच रहे हो न।'

'नहीं। नहीं तो। उसके बारे में क्यों सोचूंगा!'

'हां, सोचना तो नहीं चाहिए तुम्हें लेकिन सोच तुम उसी के बारे में रहे हो।' समर बोला।

'आज तुम कैसी बातें कर रहे हो समर। तुम्हारा मतलब क्या है?'

'मतलब मेरा कुछ नहीं। तुम बताओ, क्या तुम गुड्डो को प्यार करते हो?' समर के इस सवाल पर राजीव अकबका गया।

'देखो राजीव, तुम समझदार हो। जो कुछ करना, सोच-समझकर करना। पापा को जानते हो। तुम्हारे लिए उन्होंने शालिनी का रिश्ता पहले ही मंजूर कर रखा है। बस तुम्हारी 'हां' की देर है। शालिनी पूरे परिवार को पसंद है।'

'लेकिन मुझे गुड्डो पंसद है।' जाने कैसे कह गया राजीव।

'वॉट?' समर मानो आसमान से गिरा, 'तुम जानते भी हो, तुम क्या कह रहे हो?'

'हां, मैं गुड्डो को पसंद करता हूं और उससे ही शादी करूंगा।'

'हे भगवान!' समर सिर पकड़कर बैठ गया। राजीव उसे उसी हालत में छोड़ कमरे से बाहर निकल गया।

. . .

राजीव बहुत तनाव में था। समर भी चुप-चुप था। गुड्डो बहुत डरी हुई थी। राजीव से बात करने की उसकी हिम्मत नहीं हो रही थी। उसे समझ नहीं आ रहा था, आख़िर राजीव इतना गुस्सा-गुस्सा क्यों है? समर भैया भी उससे बात नहीं करते। आख़िर बात क्या है?

कमरे में बैठी गुड्डो यही सब सोच रही थी, जब राजीव ने उसे पुकारा। वह चौंक गई थी। राजीव ने पास आकर उसका हाथ पकड़कर उठा दिया।

'गुड्डो, चलो आओ मेरे साथ।'

गुड्डो आश्चर्यचकित-सी उसके पीछे चल दी लेकिन उसने राजीव से कोई प्रश्न नहीं किया। राजीव की गंभीर मुखमुद्रा देखकर वह सहम गई थी।

राजीव गुड्डो को साथ लेकर बांध की ओर चल दिया। गुड्डो बिना कुछ कहे उसके साथ चलती रही। राजीव शायद अपने साथ गुड्डो के होने की बात भी भूल गया था। लम्बे-लम्बे डग भरते वह जल्द ही बांध पर पहुंच गया। गुड्डो, जो शरीर से बहुत ही कमज़ोर थी, थक-सी गई। आख़िरकार वे बांध पर पहुंच गए। सामने राप्ती पूरी रवानी से बह रही थी। शाम होने लगी थी। वातावरण बहुत ही स्फूर्तिदायक था। दिन भर की उमस इस वक़्त कम हो गई थी और नदी की तरफ़ से आनेवाले हवा के झोंके बदन को सिहरा दे रहे थे।

नदी की तरफ़ मुंह करके राजीव बैठ गया। गुड्डो भी बग़ल में बैठ गई। राजीव सोच में गुम था। गुड्डो उसके अंतर्द्वंद्व से अनभिज्ञ थी। जब राजीव देर तक यों ही बैठा रहा, तो वह झुंझला गई। पर राजीव का चेहरा देखा, तो सन्न। ऐसे भाव तो कभी भी उसने नहीं देखे थे राजीव के चेहरे पर। सोच में डूबी आंखें, रूखे बाल और भिंचे होंठ। आख़िर यह क्या हो गया उसके राजीव को! दो-तीन दिन से वह इतना बदला-बदला क्यों लग रहा है! गुड्डो बुरी तरह घबरा गई थी। आख़िरकार उसने राजीव के घुटनों को हिलाते हुए कहा, 'एई! क्या सोच रहे हो?'

राजीव चौंक उठा और गुड्डो कुछ न समझ पाने के ढंग से उसे देख रही थी। राजीव ने उसे देखा। सीधे उसकी आंखों में पागलों की तरह देखता चला गया। गुड्डो के लिए राजीव का यह रूप बिलकुल अपरिचित था। ऐसे क्यों देख रहा

है उसे राजीव! गुड्डो मारे डर के रुआंसी हो गई। राजीव उसे देखे जा रहा था। आख़िरकार गुड्डो ने अपना सिर उसके घुटनों पर पटक दिया। 'क्या हो गया है तुम्हे राजीव? हमें डर लग रहा है।' उसकी रुआंसी आवाज़ सुनकर जैसे राजीव होश में आया। गुड्डो को देखा और उसका मन जाने कैसा हो गया। हाथ से स्वत: गुड्डो का सिर सहलाकर 'गुड्डो' कहकर धीरे से उसे पुकारा, पर गुड्डो चुप रही और उसने अपना सिर नहीं उठाया।

'गुड्डो' कहते हुए राजीव ने उसका सिर उठा दिया। 'इधर देखो!' राजीव के गंभीर स्वर को सुनते ही गुड्डो चकरा गई। राजीव की आंखे देख उसके देवता तक कूच कर गए।

'गुड्डो, तुम मुझसे प्यार करती हो?' राजीव ने गुड्डो की आंखों में झांकते हुए पूछा। बेचारी गुड्डो! वह तो सन्निपात जैसे हालत में आ गई। उसे कुछ समझ में नहीं आया, राजीव क्या कह रहा है?

'बोलो गुड्डो, जवाब दो। तुम मुझसे प्यार करती हो?' राजीव ने कठोर स्वर में कहा।

गुड्डो सूखे पत्ते की तरह कांप रही थी। उसके दोनों हाथ राजीव के हाथों में थे, 'बोलती क्यों नहीं?'

'नहीं', गुड्डो ने विवशता से कहा। उसका शरीर कांप गया।

'हां, नहीं।' कहते-कहते उसने तड़पकर राजीव की गोद में अपना सिर रख दिया और अस्पष्ट स्वर में उसके मुंह से इतना ही निकला, 'हमें नहीं पता। हमें कुछ नहीं बोलना।' आगे के शब्द हिचकियों में बह गए। राजीव से लिपटकर वह फूट-फूटकर रोने लगी। राजीव ने एक बार उसके कांपते शरीर को देखा और दूसरे ही पल मुस्कुराने लगा। थोड़ी देर बाद उसने गुड्डो का सिर अपनी गोद से उठाया। उसके कंधों को पकड़ आंसुओं से भीगे उस सुकुमार मुख को देखता रहा। गुड्डो आश्चर्यचकित थी राजीव की मुस्कुराहट देखकर। राजीव ने उसके चेहरे को देखा और आंखों में आंसू आ गए। होंठो की मुस्कुराहट और गहरी हो गई। गुड्डो ने देखा और सिहर गई। पुरुष की इन निगाहों को कोई भी नारी पहचान सकती है। भले ही वह नादान हो। ज़िंदगी में प्रथम बार शायद गुड्डो शरमाई थी और वह शर्म उसकी आंखों, गालों और होंठों से साफ़ महसूसा जा सकता था। राजीव ने उसे एक झटके में अपने पास खींचा और उसके होंठ गुड्डो के माथे पर चिपक गए। गुड्डो ने उस स्पर्श को महसूस किया और उसकी आंखें स्वत: मुंद गईं। फिर वही स्पर्श उसकी आंखों,

गाल, नाक, होंठ से गुज़रता हुआ गर्दन पर आकर रुक गया। गुड्डो पिघलती जा रही थी। इस स्पर्श को महसूस करती वह दूसरी ही दुनिया में जा पहुंची थी। आख़िर उसकी हिम्मत जवाब दे गई। राजीव के इस आक्रांत प्रेम प्रदर्शन से वह बुरी तरह घबड़ा गई थी। और उसकी आंखों से अविरल आंसू की धारा बहने लगी।

'गुड्डो, रोती क्यों हो?' राजीव ने उसके बालों में उंगली फिराते हुए पूछा, 'डर लग रहा है?'

'मुझसे।'

'नहीं।'

'फिर?'

'पता नहीं' कहते-कहते गुड्डो फिर सुबकने लगी।

'सिली गर्ल!' राजीव ने उसके गाल पर हल्की चपत लगाते हुए कहा, 'डर कैसा? मैं तो हूं न, बस।'

गुड्डो मुंह से कुछ न बोली। बस यूं ही राजीव से सटी रोती रही। बड़ी देर तक दोनों यों ही बैठे रहे। अंधेरा घिरने लगा था।

'गुड्डो, उठो घर चलें!' राजीव ने गुड्डो को उठाते हुए कहा। गुड्डो को लगा, जैसे नींद से जगी हो। उसका चेहरा बुरी तरह कुम्हलाया हुआ था। राजीव ने उसकी बांह थामी और उठा दिया। दोनों के चेहरे उतरे हुए थे। इसके बावजूद दोनों अपने हृदय में विचित्र-सी ख़ुशी महसूस कर रहे थे। गुड्डो की पलकें अभी तक गीली थीं और गाल पर आंसुओं के निशान मौजूद थे।

राजीव ने एक बार भरपूर नज़र गुड्डो पर डाली मानो वह कोई नई ही गुड्डो हो। इस दिलकश नज़र का सामना कमज़ोर गुड्डो नहीं कर पाई। वह नीचे से ऊपर तक थरथरा गई। राजीव की नज़र और गहरी हो गई।

'ऊहूँ! ऐसे मत देखो हमें', गुड्डो ने राजीव का हाथ अपनी आंखों पर रखते हुए कहा।

'क्यों?' राजीव का मन हुआ उठाकर हंस पड़े।

'शर्म आती है हमें।' गुड्डो ने बुरा-सा मुंह बनाते हुए कहा।

'ओहो!' राजीव वाक़ई हंस पड़ा, 'शुक्र है, वर्ना मैंने तो सोचा था अभी कहोगी कि डर लगता है हमें।'

. . .

उस रात गुड्डो को ज़िंदगी में पहली बार शायद देर तक नींद नहीं आई। ज़रा-सी आंखें मुंदतीं और राजीव की मज़बूत बांहों तथा गर्म सांसों का स्मरण हो आता और वह रोमांचित हो जाती। सुबह जैसे ही उसकी आंख लगी, राजीव ने उसे जगा दिया, 'गुड्डो! उठो, टहलने चलना है।'

गुड्डो अचकचाकर उठ गई और तुरंत ही अपने कपड़ों को ठीक करने लगी। रतजगे और कल अप्रत्याशित घटना के कारण उसका चेहरा बुरी तरह उतरा हुआ था और आंखें सूज गई थीं। उसने एक बार राजीव की ओर देखा और घुटने सिकोड़कर बैठ गई।

'क्या हुआ? ऐसा मुंह क्यों बना रखा है? चलती क्यों नहीं?'

गुड्डो ने फिर कुछ नहीं कहा और चुपचाप राजीव के साथ चल दी। रास्ते भर वह चुपचाप रही। न तो रोज़ की तरह उसने अंट-शंट सवाल करके राजीव को परेशान किया, न ही इधर-उधर भागती फिरी। हां, कभी-कभी ज़रूर वह राजीव के चेहरे की ओर देख लेती। एक अजीब-सी उलझन हो रही थी उसे। राजीव जब-जब उसे देखता, वह असहज हो उठती। राजीव से थोड़ा-सा पीछे थी वह। उसका लम्बा क़द, चौड़े कंधे, सांवली गर्दन और हल्के घुंघराले बाल, यह सब कुछ, जो आज से पहले वह रोज़ देखती थी, आज संकोच हो रहा था उसे। वह अचानक एक जगह रुक गई। उसे इस समय राजीव की बहुत सारी ज़्यादतियां याद आ रही थीं। राजीव थोड़ा आगे निकल गया था। थोड़ी देर बाद उसने मुंह घुमाकर देखा, तो गुड्डो चुपचाप खड़ी थी सोच में डूबी। भोर का हल्का उजाला। चारों ओर फैली हरीतिमा में गुड्डो यों लग रही थी, जैसे फूलों का कोई गुच्छा। राजीव ठगा-सा खड़ा रह गया।

'गुड्डो, क्या बात है? वहां क्यों खड़ी हो?' राजीव ने उसके नज़दीक पहुंचते हुए बोला। गुड्डो में एक हरकत हुई। और उसने अन्यमनस्क भाव से कहा, 'हम तुम्हें प्यार-व्यार नहीं करते।'

'हम तुम्हें प्यार नहीं करते।' अबकी गुड्डो ने ज़रा तेज़ और विश्वास से कहा और पलटकर दौड़ पड़ी। एक पल को तो राजीव अचकचाया-सा खड़ा रह गया,

फिर वह भी गुड्डो के पीछे दौड़ पड़ा और उसे पकड़ लिया। दोनों ही कुछ देर हांफते से खड़े रहे।

'छोड़ो... मेरा हाथ...' गुड्डो चिढ़े स्वर में बोली।

'चुप करो!' राजीव ने गुर्राते हुए कहा, 'और ज़रा फिर से तो कहो, क्या कह रही थी?' गुड्डो ने सहमकर राजीव की ओर देखा। राजीव ने उसके दोनों कंधे पकड़ रखे थे। राजीव को देखते गुड्डो की गर्दन दर्द करने लगी, 'बाप रे कितना लम्बा है यह!'

'बोलो, बोलती क्यों नहीं?' राजीव ने बुरी तरह उसके कंधे झकझोर दिए, 'प्यार नहीं करती हमें! जैसे तुम्हारे प्यार का भूखा हूं मैं। भाड़ में जाओ तुम, मेरी बला से।' गुड्डो सहमकर रोने लगी।

'अब रोती क्यों हो? कितनी बार कहा, मेरे सामने बुल्लके मत चुआया करो। चुप होती हो या लगाऊं एक झापड़!' गुड्डो का रोना और तेज़ हो गया। उसने यकायक राजीव के सीने पर अपना सिर रख दिया और फफककर रो पड़ी। राजीव की तो बोलती बन्द हो गई।

'आख़िर बात क्या है? किसी ने कुछ कहा? नहीं? फिर क्यों रोती हो?' गुड्डो की तो ख़ुद की समझ में कुछ नहीं आ रहा फिर वह राजीव को क्या बताए?

'गुड्डो, इधर देखो मेरी ओर। क्या कल की बात बुरी लगी तुम्हें? मैं अब कुछ नहीं कहूंगा। भूल जाओ सब कुछ। मत रोओ।' राजीव का स्वर कातर हो आया था। गुड्डो चुप हो गई थी। उस दिन फिर राजीव टहलने नहीं गया। गुड्डो को लेकर वापस आ गया।

जिस तूफ़ान की राजीव को आशंका थी, वह समय से पहले ही आ गया। उस दिन शाम को वह बाग से घूमकर आया, तो घर में अजीब-सा तनाव महसूस हुआ। गुड्डो नहीं दिखी। सामने से समर को आते देखकर उसकी आंखों में प्रश्न उग गया।

'पापा-मम्मी आए हैं। तुम्हारा ही इंतज़ार कर रहे ऊपर कमरे में।'

ऊपर जाकर उसने माता-पिता के पैर छुए। कमरे में नज़रें घुमाकर स्थिति का जायज़ा लिया। सबके चेहरे तनाव से तने हुए थे। कमरे का वातावरण ख़ासा तनावपूर्ण था। लड़कियां यहां भी नहीं थीं।

'आपलोग अचानक यहां...'

'तुम्हें दो पत्र लिखे। तुमने कोई जवाब नहीं दिया। गवर्नर साहब के कितने संदेश आ चुके हैं। इन्हीं जाड़ों में वह विवाह चाहते हैं।' पिता ने बड़े सहज ढंग से कहा।

'पर पापा, अभी जॉब तो लग...'

'नियुक्ति पत्र तो तुम्हें मिल ही गया है। दो महीने बाद डिग्री मिलते ही ज्वॉइन कर लोगे। शादी तो उसके बाद ही होगी।'

राजीव ने बहस करना उचित नहीं समझा। बेकार तमाशा खड़ा होता। इसके बारे में वापस जाकर सोचे-समझेगा।

उस दिन शाम को अचानक गुड्डो के पापा आ गए गुड्डो को वापस ले जाने। सुबह गुड्डो चली गई। जाती हुई गुड्डो ख़ुश थी। उसने हाथ हिलाकर राजीव और समर को 'बाय' कहा था। राजीव जानता था, उसके भोले हृदय में राजीव को लेकर कोई संशय नहीं था। वह उसपर उतना ही विश्वास करती थी, जितना अपने आस-पास की दुनिया पर, उस दुनिया में अपने होने पर।

उस दिन के बाद राजीव ने फिर कभी गुड्डो को नहीं देखा।

उसे आज भी स्पष्ट याद है, गुड्डो अपने पापा को देखकर कितनी ख़ुश थी। जाने के लिए अपना सामान भाग-भागकर अपने बैग में भर रही थी। समर ने चुहल भी की थी, 'गुड्डो, चिट्ठी-पत्री भेजती रहना भाई।' वह चुप बना ही रहा और गुड्डो चली गई।

दो दिन बाद वह भी लौट गया था अपनी दुनिया में। वह दुनिया, जो गुड्डो की दुनिया से एकदम अलग थी। अपनी पढ़ाई और फिर देश की नम्बर एक कंपनी में नौकरी। समय पर शादी, समय पर बच्चे। निरन्तर उन्नति के पथ पर अग्रसर उसकी प्रोफ़ेशनल ज़िंदगी। इन सबके बीच जीवन ने मोहलत ही नहीं दी कुछ और सोचने-करने की। जो पैटर्न ज़िंदगी का उसने डिज़ाइन किया था, जीवन हू-ब-हू वैसा ही चल रहा था। रुककर कभी सोचने की ज़रूरत ही नहीं महसूस हुई कि अगर जीवन कुछ दूसरी तरह से जिया होता, तो कैसा होता? अगर जीवन में गुड्डो होती तो? अक्सर उसे इस 'तो' पर ज़ोर की हंसी आई है।

सुमेधा की जगह गुड्डो!

ऐसी कोई इच्छा कभी थी उनकी। अब तो याद भी नहीं पड़ता। शायद हिम्मत नहीं थी अपने पिता के सामने मुंह खोलने की। इंजीनियरिंग के अंतिम वर्ष में ही देश की सबसे अग्रणी कंपनी में प्लेसमेंट हो गया था। नौकरी मिलते ही मात्र पच्चीस वर्ष की उम्र में विवाह हो गया। विवाह के लिए आए प्रस्तावों में से पिता ने बहुत सोच-समझकर अपनी सामाजिक और आर्थिक स्थिति को ध्यान में रखते हुए सुमेधा का चुनाव किया था। सुमेधा के पिता बिहार राज्य में मंत्री पद पर थे। उसकी शिक्षा देहरादून के नामी कॉन्वेंट स्कूल से हुई थी।

जीवन पटरी पर चल पड़ा था। वह व्यस्त से व्यस्ततम होता चला गया। कैसी विडम्बना थी, उसके परिवार में पीढ़ियों से किसी ने कोई काम नहीं किया था। कई गांवों की ज़मींदारी थी, जो कालांतर में कई हिस्सों में बंट-बंटाकर भी हर हिस्से में इतनी थी कि आज भी बाक़ी पट्टीदारों के परिवार में कोई सदस्य नौकरी नहीं कर रहा था। उन्हीं ज़मीनों से आज भी उनके ठाट-बाट चलते थे।

आज की पीढ़ी में ज़रूर सारे बच्चे दिल्ली, बेंगलुरु, अहमदाबाद, पुणे आदि शहरों में रहकर एमबीए, लॉ, इंजीनियरिंग पढ़ रहे और फिर इन्हीं बड़े शहरों में बस रहे। पर उनकी पीढ़ी तक तो सिर्फ वही तीनों भाई-बहन डॉक्टरी-इंजीनियरिंग पढ़े थे। यहां तक कि सगे बड़े पापा की लड़कियां भी सिर्फ गांव के मिडिल स्कूल तक ही जा पाई थीं। बाक़ी की पढ़ाई के नाम पर उन्होंने अपने ननिहाल से प्राइवेट परीक्षा देकर पास की बस। उन्हें भी तो बोर्डिंग स्कूल में रखकर पढ़ाया जा सकता था, जैसे वे दोनों भाई और दिद्दा पढ़े हैं। पर बाबूजी सीधे-सादे व्यक्ति थे। स्वयं भी तो ज़्यादा नहीं पढ़ पाए थे। बाबा बताते थे कि कितनी कोशिश की। बनारस भेजा गया, साथ में खाना पकाने और अन्य कामों के लिए तीन आदमी भी। पर बाबूजी का मन न लगा। वह तो जब देखो, तब विश्वनाथजी या दशाश्वमेध पर जाकर साधुओं के बीच मगन हो पड़े रहते कई-कई दिन। डर हुआ, कहीं साधु न बन जाएं। फिर वापस ले आए। शादी करवा दी गई कि दुनियादारी में रहें। पर बाबूजी भोले-भंडारी ही रहे।

ज़मींदारी के काम-काज में भी मन न लगा उनका। सब बन्दोबस्त मुंशीजी के सुपुर्द। स्वयं ठाकुरजी की आराधना में। सुबह चार बजे उठना। उठते ही सिरहाने ढककर रखी रबड़ी खाकर तांबे के पात्र में रखे पानी को पीकर ही बिस्तर से नीचे पांव धरते थे। एक सेवक उनके निकट ही रहता था हमेशा। एक आवाज़ पर उनकी सेवा में हाज़िर। उनके नहाने-धोने का प्रबंध भी वही करता। पूजा की तैयारी भी वही। ठाकुरजी के दो मंदिर थे। एक हवेली प्रांगण में और दूसरा बाहर अहाते में, पर मंदिरों में पूजा-पाठ वहां नियुक्त पंडितजी या उनके परिवार के सदस्य ही करते थे। विशेष अवसरों पर ही ठाकुर साहब मंदिर जाते थे। वह हवेली की ही एक कोठरी में लड़कियों द्वारा बनाए पूजा-घर में भी पूजा नहीं करते थे। वह तो हवेली के बरामदे में अपने तय स्थान पर आसनी बिछाकर घंटे भर के लिए इस दुनिया से अपने सारे संबंध काटकर किसी और दुनिया के हो जाते थे।

पूजा के बाद कोई उपन्यास हाथ में लेकर सीधे बाहर निकल जाते। फिर दोपहर के खाने तक उनका दरबार बाहर ही लगता। नशे की लत थी और सुबह से ही शुरू रहते। देसी ही पीते थे। बिलायती उन्हें नहीं सुहाती थी। कितनी बार छोटे भाई ने महंगी बिलायती शराब उपहार में दी थी उन्हें, जो शायद उसे भी उसके अंग्रेज़ी मित्रों ने दी होंगी।

बड़ी दीदी सोनम का विवाह तो बाबा ने ही तय कर दिया था। उनके सामने ही हो गया था विवाह। पूनम का विवाह बाबूजी ने किया और विवाह के तुरंत

बाद हृदयाघात से उनका देहांत हो गया था। नीलम के विवाह में बहुत परेशानी हुई थी। बाबूजी के देहांत के समय भी दोनों भाई नहीं पहुंच पाए थे। इस दौरान अम्मा, नीलम और पूनम से उन लोगों का रिश्ता तनावपूर्ण हो गया था। पूनम की शादी के लिए अम्मा बहुत परेशान रहती थीं और अप्रत्यक्ष रूप से कई बार अपने देवर यानी राजीव के पापा के ऊपर लापरवाही बरतने का आरोप लगा चुकी थीं। आख़िर बड़े भाई के न रहने पर यह ज़िम्मेदारी तो उन्हें निभानी ही चाहिए। कौन-सा रुपया-पैसा दहेज अपने पास से देना है उन्हें, बस वर खोजना है, वह भी नहीं करते। अब वह तो जाएंगी नहीं न, बेटी के लिए वर ढूंढ़ने। और ये राजीव और समर, इनके तो तेवर ही अलग। जो बाबूजी इनको इतना मानते थे। कभी अपने सगे बेटे से अलग नहीं समझा, उन्हीं बाबूजी के मरने पर दोनों ही नहीं आए थे। अम्मा अंदर तक आहत थीं। बाबूजी को आग पट्टीदार परिवार के बेटे ने दी थी।

बाद में पूनम के विवाह को लेकर अम्मा की परेशानी। विवाह के लिए वर खोजना भी एक समस्या थी। देवर को अपने तीन बच्चों के अलावा और कोई नहीं दिखता था और तीनों बच्चे अपनी ज़िंदगी के ख़ूबसूरत पड़ाव पर थे और बहुत व्यस्त थे। आख़िर पूनम के विवाह के लिए बड़े दामाद को ही प्रयत्न करना पड़ा। उन्होंने ही विवाह तय किया। विवाह में सभी परिजनों की तरह उनका परिवार भी शामिल हुआ था।

राजीव और समर को परिवार में जितना पसंद किया जाता था, उनके पिता कृष्ण बहादुर सिंह को नापसंद किया जाता था। उनका गंभीर मिज़ाज और स्वार्थी व्यक्तित्व के झूठे-सच्चे क़िस्से ख़ूब कहे-सुने जाते थे। अपनी पत्नी से भी उनकी नहीं बनती थी, ये भी बातें परिवार में दबी जुबान कही जातीं ऐसा कहा जाता कि जब तीनों बच्चों की पढ़ाई का मसला सामने आया, तो कृष्ण बहादुर ने निर्णय लिया कि बच्चे गांव मे नहीं रहेंगे। बनारस में पुश्तैनी कोठी थी। बच्चों और पत्नी के रहने की व्यवस्था वहां कर दी गई। बच्चे और देवरानी छुट्टियों में गांव आते थे। उस समय पूरी ज़मींदारी आस-पास के तीन-चार गांवों तक फैली थी। नदी के उस पार ससुर साहब रहते थे और इस पार के दोनों गांव दोनों बेटों के नाम। देवर पहले सिर्फ़ ज़मीन की देखभाल के लिए चालीस किलोमीटर दूर आते-जाते। कभी वहीं रहनेवाले पट्टीदारों के यहां रात को रुक जाते, कभी दो-चार दिन भी। जब जैसा काम रहा। बीच-बीच में बनारस का चक्कर भी लगता उनका। बाद में वहीं उन्होंने अपना स्थायी ठिकाना बना लिया।

अपने बच्चों के प्रति बहुत योजनाबद्ध तरीक़े से हर काम होता उनका। बच्चों की पढ़ाई और उनके व्यक्तित्व को निखारने में वह बहुत सावधानी रखते

थे। नतीजा भी सामने था, पर एक ही कमी थी, अपने भोले-भंडारी भाई की बेटियों को लेकर लापरवाह ही रहे वह। वे कहां क्या पढ़ती हैं, कहां उनका शादी-ब्याह होना है, इन सबसे उन्होंने कोई सरोकार नहीं रखा। भाई की मृत्यु के बाद वह आगे बढ़कर ज़िम्मेदारी उठा सकते थे, पर उनकी दिलचस्पी नहीं थी। ये सारी बातें भाभी और भतीजियों के मन में गांठें बनकर पल रही थीं। कालांतर में दूरियां बढ़ती ही गईं और किसी ने इसे कम करने का प्रयास नहीं किया।

. . .

राजीव ऑफ़िस के लिए निकल रहे थे। शाम की फ़्लाइट से बेटा-बहू और ऑफ़िसियली अब उनका पोता मुम्बई आ रहे थे होली सेलीब्रेट करने। दो दिन बाद दस मार्च को होली है। छोटा बेटा अभिमन्यु हफ़्ते भर पहले अमेरिका से आ गया था। कई वर्षों बाद इस बार होली में सभी एक-साथ रहेंगे। आज वह भी अपने बहुत-से ज़रूरी काम निबटा लेना चाहते थे, जिससे घर जल्दी जा सकें। सुमेधा का मूड बहुत अच्छा नहीं था। एक तरफ़ तो बेटे के आने की ख़ुशी थी, दूसरी तरफ़ सुजाता को बहू के रूप में स्वीकारना उसे उद्विग्न कर रहा था।

पिछले वर्ष फ़रवरी मे अपनी तयशुदा शादी तोड़कर अरुज ने उसी दिन सुजाता से संकटमोचन मंदिर में जाकर माला बदलकर शादी कर ली थी। वह सुजाता और उसके बच्चे को लेकर घर आ गया था। साथ में उसके तीन दोस्त भी थे। दो लड़कियां भी थीं। शायद ये सब स्कूल के समय के दोस्त थे। दोनों ने घर में मौजूद सबके चरण स्पर्श किए। घर में मौजूद तनाव प्रत्येक सदस्य के चेहरे पर छाया था। इस अप्रत्याशित कार्य की उम्मीद अरुज से किसी को नहीं थी। अरुज की दादी ने ही पहल की और पोते की बहू को अपने पास बैठने का इशारा किया। सुजाता ने लाल रंग का बनारसी सूट पहना था। उसकी गोद में उसका बेटा था, जो गहरी नींद में था। अरुज ने दादी के पास बैठ रही सुजाता की गोद से हाथ बढ़ाकर बच्चे को अपनी गोद में ले लिया और अपने कंधे पर उसका सिर रखकर थपकने लगा। परिवार के सभी लोगों की मौजूदगी उसके दिल की धड़कन बढ़ा रही थी। उसके सीने से लगे बच्चे के छोटे-से दिल की धड़कन उसके धड़कनों से मिलकर एकाकार हो मानो उसे साहस दे रही थीं।

सुजाता ने दादी के पाँव छुए और बड़े संकोच से उनके पास बैठ गई। निर्मला देवी बड़े ध्यान से उसे देख रही थीं। उनके पोते की पत्नी थी यह लड़की अब। दो दिन पहले किसी के ख़याल में भी इस लड़की का कोई निशान नहीं था। उन्होंने कभी कल्पना नहीं की थी इस दिन की। दो वर्ष पहले जब बेटी के बेटे की शादी

दूसरी जाति की लड़की से हुई थी, तो उन्हें धक्का लगा था, पर सब कुछ पहले से निश्चित था। लड़की दूसरी जाति की थी, पर बहुत पैसेवाले घर की थी। बड़े शान से शादी हुई थी। फिर अब तो ऐसी अंतर्जातीय शादियां बड़ी आम हो गई हैं। शादियां टूट ख़ूब रहीं। साल-दो-साल में छोटी-मोटी लड़ाई शादी को ख़त्म कर दे रही। यहां दोनों एक-दूसरे को जानते हैं, तो कम-से-कम निभा लेंगे। उस अंतर्जातीय शादी में इसी तर्क से उन्होंने ख़ुद को समझा लिया था। और अब अरुज भी। स्वीकार करने के अलावा चारा भी क्या है!

निर्मला देवी ने राजीव की पत्नी को इशारा किया, तो सुमेधा ने उनके हाथ में कंगन का जोड़ा थमा दिया। उन्होंने अरुज की पत्नी सुजाता की दुबली कलाइयों में पहनाकर उसके माथे पर चुम्बन लेते हुए कहा, 'ख़ूब ख़ुश रहना दोनों।' फिर धीरे-धीरे परिवार के सभी सदस्यों ने सुजाता को कुछ-न-कुछ उपहार दिए। पर एक अव्यक्त तनाव और संकोच सबके चेहरे पर मौजूद था। अरुज और सुजाता के दोस्तों ने जाने की इच्छा जताई। अरुज के साथ सुजाता भी बाहर गई उन्हें विदा करने। दोस्तों ने दोनों को 'गुड लक' कहा और 'धीरे-धीरे सब ठीक हो जाएगा' का आश्वासन देकर चले गए।

जब दोनों अंदर आए, तो सुमेधा ने अरुज से कहा, 'जाओ, अंदर कमरे में ले जाकर बच्चे को सुला दो, गोद में उसे अनकम्फ़र्टेबल लग रहा होगा।'

'जा बेटा तू भी!' निर्मला देवी ने सुजाता को इशारा किया। सुजाता ने संकोच से सुमेधा की तरफ़ देखा।

'हाँ, हाँ अरुज इसे भी ले जाओ साथ।' सुमेधा ने कहा, तो सुजाता झट उठकर अरुज के पीछे चल दी। यहां बैठने में उसे बेहद संकोच हो रहा था। पता नहीं अरुज का परिवार उसे स्वीकार करेगा या नहीं। ये लोग इतने शिष्ट हैं कि कुछ भी कह-सुन नहीं रहे, पर शिष्टाचार एक बात है और परिवार का अंग बनना, उनके दिल में जगह बनाना दूसरी बात। वह विडो है और एक बच्चे की माँ। अरुज का परिवार इतना रेप्युटेटेड। समृद्ध, उच्चस्तरीय। कोई मैच नहीं। पर प्रेम हर बाउंड्री को ध्वस्त कर देता है। कभी अरुज से दुबारा मिलना होगा, ऐसा तो सोचा भी नहीं था, जब अरुज आईआईटी चेन्नई चला गया था पढ़ने और वह मेडिकल की पढ़ाई में व्यस्त हो गई थी। पढ़ाई के तुरंत बाद पीजी के दौरान उसकी शादी हो गई। पति भी डॉक्टर थे। उन्हीं की तरफ़ से प्रस्ताव आया और घरवाले तुरंत राज़ी हो गए। मेड फ़ॉर इच अदर जोड़ी लगती थी दोनों की। पर ज़रूरी नहीं कि जो दिख रहा है, वही सही भी है। शादी के हफ़्ते भर में ही समझ आ गया, प्रियांक का मिज़ाज बहुत असंतुलित है। कब कौन-सी बात उसे नागवार गुज़रेगी, पता

नहीं। बात-बात में मुंह फुला लेना। साफ़-साफ़ कुछ न कहना। उसे समझना टेढ़ी खीर था। सेल्फ़ सेन्टर्ड इतना कि कभी वह दुखी होती, आहत होती, तब भी उसे परवाह नहीं होती। वह शांत स्वभाव की थी इसलिए रिएक्ट नहीं करती थी। फिर यह भी लगता कि समय के साथ चीज़ें सुलझ जाती हैं। शुरुआत में तो सबको एडजस्ट करना पड़ता ही है। दो महीने बाद ही प्रेग्नेंट हो गई। प्रियांक ख़ुश था। वह ज़रूर परेशान थी। पढाई, घर और बच्चा सब कैसे मैनेज होगा! प्रियांक उसे सांत्वना देता, सब ठीक हो जाएगा। पर जब लगा, अब सब ठीक होगा, तो विधाता की दृष्टि वक्र हो गई। बेटा दो महीने का ही था कि एक्सिडेंट में प्रियांक चल बसा। ससुराल के दरवाज़े उसके लिए बंद थे। उसने अपने को हॉस्पिटल और बेटे के कामों मे व्यस्त कर लिया था। अरुज से उसकी दुबारा मुलाक़ात हॉस्पिटल में ही हुई थी। वह अपने किसी दोस्त की मम्मी को देखने आया था। फिर तो फ़ोन नम्बर का आदान-प्रदान हुआ था।

उसके दिल में टीस उठी थी अरुज को देखकर। पुरानी यादें ताज़ा हो गई थीं। कितनी मुश्किल से भुला पाई थी वह उसे। उन दिनों उसे हमेशा लगता था, अरुज उसे पसंद करता है। दोस्ती से कुछ आगे है उनका रिश्ता। अपनी हर छोटी-से-छोटी बात वह उसे बताता है। दोनों एक-दूसरे के साथ कम्फ़र्टेबल थे, सोलमेट जैसे। पर अरुज चला गया बिना कुछ कहे बताए। न कोई वादा, न कोई आश्वासन। संकोच ने उसे भी अपने होंठों पर ताला और दिल पर पत्थर रखने को मजबूर कर दिया था। पर प्रेम कहां भूलता है! अरुज को सामने देख फिर उसका दिल बेक़ाबू होने लगता। अरुज अब भी वैसा ही था। उसी तरह अपनी हर बात उसे बताता। सहज ही अपनी शादी की बात भी बता दी थी उसने। होनेवाली पत्नी के बारे में बताया, उसकी तस्वीर दिखाई।

घर आ जाता। वह हॉस्पिटल से आती, तो पता चलता, अरुज आया था उसके पीछे। बाबू से ख़ूब खेला है बाहर अहाते में। उसे सामनेवाले मॉल में ले गया था, मैकडोनाल्ड्स से हैप्पी मील लेकर आए दोनों जने। कभी-कभी जब वह थकी हुई लौटती, वह घर पर बैठा मिलता। इसे कोई काम-धाम नहीं क्या? क्यों उसके और बाबू के मन में मोह के धागे उलझा रहा? कुछ दिनों में उसकी शादी हो जाएगी, अपनी नई दुनिया में वह व्यस्त हो जाएगा। वह पीछे छूट जाएगी अपनी उदासियों के साथ। जीवन में एक उदासी तो भाग्य के लेखे ने उसके खाते में डाल ही दी है। अब आगे बढ़कर एक नई उदासी वह क्यों ले। जाने आगे जीवन में क्या-क्या दुश्वारियां ईश्वर ने उसके नाम रख छोड़ी है! उसे जीवन बहुत सावधान रहकर गुज़ारना है। कोई व्यक्ति, कोई रिश्ता अब सहज ही जीवन से नहीं जुड़ सकता।

उस दिन अरुज शादी का कार्ड लेकर आया था।

'आना ज़रूर। और अंकल-आंटी आप लोग भी आइएगा' कहकर वह जल्दबाज़ी में निकल गया, रुका नहीं। 'अभी बहुत बांटने हैं' कहकर।

उसकी शादी में जाने की तैयारी उसने भी की थी। सारे दोस्त तो दो दिन से ही शहर से बाहर बुक उस फ़ाइव स्टार रिसॉर्ट में चले गए थे, जहां से सारे प्रोग्राम होने थे। उसे कुछ अच्छा नहीं लग रहा था। आज हल्दी और रात में संगीत और कॉकटेल पार्टी थी। देखो तो, एक बार भी फ़ोन करके उसने पूछा नहीं कि वह कब आएगी, कैसे आएगी! बाबू कितनी बार अपनी तोतली ज़बान से पूछ चुका था, 'अरुज अंकल आजकल क्यों नहीं आते?'

'उनकी शादी है न!' वह समझाती।

'हम नहीं चलेंगे उनकी शादी में?'

'चलेंगे, हम सब चलेंगे।'

वह सिर्फ शादीवाले दिन जाएगी, ऐसा ही सोचा है उसने। हर रस्म में शामिल होने के लिए दो दिन पहले से वहां जाकर डेरा डालने की क्या आवश्यकता? वैसे भी हॉस्पिटल में इतना काम है। वह हॉस्पिटल चली गई थी।

अभी लंच ब्रेक नहीं हुआ था कि अरुज को बच्चे को गोद में लिए आते देखा। पीछे और दोस्त भी थे। शालिनी, मेघा, गुरमीत, एजाज़, कुणाल, सौमित्र सभी।

'अरे, तुम सब यहां? क्या बात है?' वह हैरान थी। कहीं मन में यह ख़याल भी आया, अरुज उसे और बाबू को रिसॉर्ट शादी के कार्यक्रमों में शामिल होने के लिए ले जाने आया है।

'अरे भाई, मैं कल आती न शादी में! मैंने एजाज़ भाई को बताया तो था, आज यहां काम भी ज़्यादा है।' उसने परेशान होते हुए कहा था।

'पर शादी आज है...' अरुज कह रहा था।

'आज? क्या कह रहे हो? मैं समझी नहीं?' उसे कुछ समझ नहीं आ रहा था।

एकाएक अरुज अपने घुटनों के बल बैठ उसका दायां हाथ पकड़कर बोला, 'सुजाता, मुझसे शादी कर लो, प्लीज़!' सुजाता अचम्भित-सी, समझ नहीं पा रही थी, 'यह क्या स्वांग है? कैसा मज़ाक़ कर रहा अरुज उससे?'

'क्यों मज़ाक़ कर रहे हो अरुज?' कहते-कहते वह रुआंसी हो गई।

'कोई मज़ाक़ नहीं यह... अब तक जो हो रहा था, वो मज़ाक़ था। एक बार मैं तुम्हें खो चुका हूँ सुजाता। अलग रहकर हम दोनों ही सुखी नहीं होंगे। प्लीज़ अब और कुछ नहीं कहो, सब... बाद में कहेंगे-सुनेंगे। अभी चलो।'

सुजाता अवश-सी खड़ी थी, जैसे कोई सपना चल रहा हो, मीठा-सा सपना। सपने में तो बहुत कुछ असंभव संभव हो जाता है। इस सपने को चलते रहना चाहिए। काश कि उसकी नींद कभी न खुले।

अचानक अपने कंधों के इर्द-गिर्द अरुज की बांहों को महसूस कर वह प्रकृतिस्थ हुई। अरुज ने एक हाथ में बाबू को गोद में उठाया था और दूसरे हाथ से सुजाता को घेरे हुए था। सुजाता के माथे पर एक चुम्बन अंकित कर वह बोला, 'तुम दोनों मेरा परिवार हो।'

अब तक हॉस्पिटल स्टाफ़ भी उनके इर्द-गिर्द इकट्ठे हो गए थे। हॉस्पिटल के प्रबंधक डॉक्टर मिश्रा दंपति भी चुपचाप सब कुछ देख रहे थे। अरुज और उसके परिवार को अच्छे से जानते थे। कल होनेवाली उसकी शादी में उन्हें भी जाना था। शादी में पहननेवाला सूट प्रेस होकर आ गया था। मिसेज़ की ब्रांड न्यू साड़ी भी पिको, फ़ॉल और पॉलिश होकर आ गई थी। अब यह लड़का यहां खड़ा क्या बड़बड़ कर रहा! अरुज सुजाता को बांह से घेरे हुए ही मिश्रा दंपति के पास पहुंचा और उनके पैरों पर झुकते हुए बोला, 'अंकल, कलवाली शादी तो कैंसिल हो गई। मैं आज ही शादी कर रहा हूँ आपके हॉस्पिटल की इस ख़ूबसूरत डॉक्टर से। आशीर्वाद दीजिए।'

डॉक्टर मिश्रा का हाथ ख़ुद-ब-ख़ुद दोनों के सिर पर आशीर्वाद की मुद्रा में उठ गया। कुछ ही देर में अरुज बाबू, सुजाता और अपने दोस्तों के साथ हॉस्पिटल से बाहर निकल गया। सभी उसे आश्चर्य से देख रहे थे और कुछ देर पहले घटित बिलकुल फ़िल्मी दृश्य के बारे में सोच रहे थे। दुनिया में कुछ भी असंभव नहीं, कंधे उचकाते हुए उनके ज़ेहन में शायद यही बात घूम रही थी।

'क्या सोच रही हो जान?' अरुज उसके कंधे पर हाथ रखकर पूछ रहा था। सुजाता अपनी सोच के गुंजलक से बाहर आ गई। बेड पर गहरी निश्चिंत नींद में गुम बेटे को देखा और फिर अरुज को।

'सब सपना लग रहा।' कहते हुए उसकी आंखें आंसू से लबालब हो गईं। अरुज ने उसे अपनी छाती से लगा लिया। उसके शर्ट को आंसुओं से भिगोती सुजाता बुदबुदा रही थी, 'इस सपने को टूटने मत देना अरुज।'

अरुज ने सुजाता के चेहरे को दोनों हाथों में समेटा। उसकी स्वयं की आंखें भी डबडब थीं। उन डबडबाई आंखों में एक वादा था। उस ख़ामोश वादे की सारी तहरीरें स्पष्ट पढ़ी जा सकती थीं। सुजाता ने स्वयं को अरुज की बाहों के भरोसे छोड़ दिया।

अरुज, सुजाता और बाबू दूसरे दिन ही दिल्ली चले गए थे। दिल्ली से सटे नोएडा में राजीव कुमार का अपना फ़्लैट था, जिसे शादी के बाद अरुज को इस्तेमाल करना था। अरुज ने सहज ही मम्मी से फ़्लैट की चाभी मांगी और बताया कि शाम की फ़्लाइट है उसकी।

राजीव कुमार बहुत अटपटी स्थिति में थे। ऐसी स्थिति की कोई कल्पना नहीं की थी उन्होंने। इस स्थिति से निबटने का कोई बैकअप प्लान नहीं था उनके पास। मुम्बई का एक फ़ाइव स्टार होटल बुक किया गया था उनके बेटे के होनेवाले रिसेप्शन के लिए। उनके और पत्नी के कलिग्स, मुम्बई के बड़े उद्योगपति, बहुत से विदेश से आनेवाले दोस्त, ये सभी रिसेप्शन ही अटेंड करनेवाले थे। सबकी एयर टिकट बुक्ड थीं। यहां लड़के और लड़की दोनों के बिलकुल ख़ास परिजनों की भी मुम्बई की एयर टिकटें कई महीने पहले से बुक्ड थीं। अब कैसी फ़ज़ीहत में पड़ गए हैं। वह तो अच्छा हुआ कि छोटे बेटे ने एक वॉट्सऐप ग्रुप बनाया है। विवाह से संबंधित सारी बातें वहीं की जाती।

उन्होंने एक मैसेज उस ग्रुप में डाला कि शादी और रिसेप्शन कैंसिल और पत्नी और छोटे बेटे के साथ मुम्बई जाने की तैयारी में जुट गए।

एक खिन्नता पूरे परिवार पर हावी थी। सब एक-दूसरे से नज़रें चुरा रहे थे। इस घर के बेटे का विवाह होना था। क्या-क्या सोचा था! सब मटियामेट कर दिया लड़के ने। राजीव कुमार उस समय बैठे हुए इन्हीं सब विचारों में डूब उतरा रहे थे, जब समर आकर पास की कुर्सी पर बैठ गया।

'क्या सोच रहे हो?'

'क्या सोच सकता हूँ! इस लड़के ने कुछ सोच सकने लायक बचा ही कहां रखा है? कितनी बातें बन रही होंगी हर तरफ़, किस-किस को सफ़ाई देते रहेंगे हम?' राजीव का स्वर खिन्नता से भरा था।

'कुछ ग़लत तो नहीं किया है। जिसे प्यार किया, उससे विवाह करना ग़लत तो नहीं!' समर ने कहा।

'अचानक तो प्यार नहीं हुआ होगा न! क्या कोई फ़िल्म चल रही थी? साल भर से सब तय था। सगाई हो चुकी थी। सारी तैयारियां हो चुकी थीं। जब तुम उत्साहित होकर हर रस्म के लिए आउटफ़िट की शॉपिंग कर रहे थे, तब नहीं ध्यान था प्यार का? ऐन अपनी शादी के दिन याद आया... डिस्गस्टिंग!' राजीव के भीतर का रोष उनकी आवाज़ में घुल आया था।

'कभी-कभी होता है ऐसा भाई। रियल लाइफ़ भी फ़िल्मी सिचुएशन में फंस जाती है। कभी-कभी हम स्वयं भी अपने मन की बात को अनसुना कर या शायद साहस की कमी की वजह से बहुत क़ीमती कुछ खो बैठते हैं। बहुत बाद में जब एहसास होता है, तो कुछ भी ठीक करने के लिए बहुत देर हो चुकी होती है। हमें अरुज पर गर्व करना चाहिए। हमें स्वयं पर भी गर्व करना चाहिए कि हमारे बेटे ने यह साहस किया। उसने बहुत-सी दिखावटी चीज़ों पर अपने प्यार को तव्वजो दी। कितनी अजीब-सी बात है न! दो लोगों को साथ रहने के लिए बस प्रेम चाहिए होता है और शादी के नाम पर हम कितना अगड़म-बगड़म फैलान मचा देते हैं।' कहकर समर ने गहरी साँस ली। लग रहा था, वह राजीव से नहीं, स्वयं से बातें कर रहा हो।

राजीव आश्चर्य से उसे देख रहे थे। समर की बातें उन्हें हैरान कर रही थीं, पर उनके रोष से भरे हृदय पर ठंडे फाहे-सी भी लग रही थीं।

क्या महत्त्वपूर्ण और जीवंत फ़ैसले अचानक ही लिए जाते हैं? शायद बहुत सोचने विचारने, इफ़, बट, दिस, दैट करके जीवन को बिसात बना दिया जाता है। यह चाल, तो यह नतीजा।

. . .

कार के रुकते ही राजीव चौंककर अपनी सोच के घेरे से बाहर आ गए। ऑफ़िस आ गया था। ड्राइवर ने कार बिल्डिंग के पोर्च में रोकी और राजीव कुमार के उतरते ही कार को बैक करके पार्किंग की ओर ले गया। राजीव बिल्डिंग की ओर बढ़ गए। बाहर ही एक अटेंडेंट अल्कोहल युक्त सैनिटाइज़र का स्प्रे लेकर बैठा था। पिछले एक हफ़्ते से बिल्डिंग के बाहर ही यह व्यवस्था की गई है। उन्होंने बाक़ायदा हाथ सैनिटाइज़ किया और अटेंडेंट ने उनके हाथ में एक टिश्यू पेपर थमा दिया। इस टिश्यू पेपर का इस्तेमाल उन्हें लिफ़्ट में करना होगा। उनका ऑफ़िस ग्यारहवें फ़्लोर पर है।

पिछले वर्ष नवम्बर-दिसम्बर से कोरोना वायरस की ख़बरें सोशल मीडिया और न्यूज़ चैनलों के माध्यम से आ रही थीं। किसी ने भी उसे गंभीरता से नहीं लिया था। भारत में तो यों भी चीज़ों को गंभीरता से लेने का रिवाज़ नहीं है। दुनिया भर में वायरस तेज़ी से फैल रहा था, पर हम आराम से बैठे थे। जब भारत में पहला केस केरल में मिला, तब भी कोई चिंता नहीं हुई। भाग्य की बात थी कि छोटा बेटा अर्णव अट्ठाइस फ़रवरी को ही मुम्बई आ गया था। उसने अमेरिका की हालत भी बताई थी। भारत में केस निरन्तर बढ़ रहे थे। सोशल मीडिया पर जिस तरह की ख़बरें चल रही थीं इस वायरस को लेकर, वे भय पैदा कर रही थीं। फिर भी अभी जाने क्यों ऐसा ही लग रहा था, मानो यह वायरस भी कुछ दिनों में ग़ायब हो जाएगा।

पिछले बीस वर्षों में कितने तो नए वायरस आए और गए। डेंगू, स्वाइन फ़्लू, बर्ड फ़्लू हर वर्ष जनवरी-फ़रवरी में हज़ारों लोगों को शिकार बनाते हैं। अप्रैल-मई तक इनकी भयावहता धीमी पड़ जाती है। ऐसी ही आशा इस कोरोना वायरस को लेकर भी लगाई जा रही थी। गर्मियां आते ही यह वायरस ग़ायब हो जाएगा। अब तो मार्च आ गया था। आज दो तारीख़ हो गई है। चार को अरुज और सुजाता भी आ रहे हैं। साथ में सुजाता का पुत्र साहिल भी है। सुमेधा थोड़े तनाव में थीं। विवाह के बाद सिर्फ दो बार दिल्ली गए थे दोनों। अब भी सुजाता को लेकर थोड़ी झिझक मौजूद थी सुमेधा के मन में। वह उसके मन की बहू नहीं थी। अनाधिकार प्रवेश था उसका इस घर में। सुजाता अरुज की पत्नी तो बन गई थी, पर उस घर की बहू बनने में अब भी दिलों में बाधाएं थीं। घर के मामलों में राजीव निरपेक्ष ही रहते थे। किसी भी बात को बहुत ज़्यादा तूल देने की उनकी आदत कभी नहीं रही। मन में गांठों के गट्टर भी नहीं रखते थे। शायद वक़्त की कमी भी एक वजह रही हो कि इस तरह की बातों पर मन अधिक देर अटकता नहीं था। बेटे की लव मैरिज, उस पर विडो और एक बच्चे की मां से, यह बात उनके जीवन की योजना में एक बदसूरत धब्बे-सी ज़रूर थी, पर इस बात पर उनका बस ही क्या था?

उनका अपने जीवन, अपनी भावनाओं पर अटूट नियंत्रण था। और साथ ही यह विश्वास भी कि भावनाओं पर नियंत्रण रखने से जीवन अपने आप नियंत्रित हो जाता है। सुबह सात बजे से रात ग्यारह बजे तक उनकी एक फ़िक्स दिनचर्या थी, जिसमें व्यवधान भी किसी ज़रूरी काम से ही आता था। कोई ऑफ़िसियल मीटिंग, कोई सोशल गेदरिंग, कोई पारिवारिक आयोजन, बेकार के पचड़े में वह नहीं पड़ते थे।

रिलैक्स करने का उनका अपना तरीक़ा होता था। म्यूज़िक उन्हें ख़ूब पसंद था, ख़ासकर बॉलीवुड के गाने। जिम में वह इयर फ़ोन लगाकर गाने ही सुनते। मुम्बई की जानलेवा ट्रैफ़िक में अगर कोई फ़ोन न आ गया हो, तो वह कार की पिछली सीट पर पीछे सिर टिकाए फ़िल्मी गाने ही सुनते हैं और उस समय उनके चेहरे की स्निग्धता ग़ौर करने लायक होती है। यह समय शायद कुछ-कुछ मेडिटेशन जैसा होता है उनके लिए, जिसके बाद वह अपार ऊर्जा से भर जाते हैं।

· · ·

तुम्हारी ज़िंदगी में
मैं कहां पर हूँ?
हवा-ए-सुब्ह में
या शाम के पहले सितारे में
झिझकती बूँदा-बाँदी में
कि बेहद तेज़ बारिश में
रूपहली चाँदनी में
या कि फिर तपती दुपहरी में
बहुत गहरे ख़यालों में
कि बेहद सरसरी धुन में
तुम्हारी ज़िंदगी में
मैं कहां पर हूँ?

परवीन शाकिर की यह नज़्म बहुत पहले उसने उन्हें वॉट्सऐप पर भेजी थी। उनका प्रतिउत्तर हमेशा की तरह ही था, 'आप मेरे दिल में हैं जी... लव यू मिस यू जान!'

वह ऐसी कितनी ही चीज़ें तो उन्हें भेजती रहती थी। यह जानते हुए भी कि उनके लिए कुछ वाक्यों को उस तरह समझना कठिन भी हो जाता है। कविता-कहानी उनकी दुनिया से बाहर की चीज़ें हैं, पर फिर भी वह सब समझ लेने का भ्रम बचाए रखते थे उसके लिए। उन दिनों जब वे दोनों एक ही धुन को एक साथ गा रहे थे अलग-अलग जगहों पर रहकर भी।

एक बार उससे मिलकर लौट रहे थे। उदास थे। वॉट्सऐप पर मैसेज चमका –

बरसों से...
दामन में तुम्हारे ही कहीं,
एक गिरह सा साथ तुम्हारे।'
- शमशेर बहादुर सिंह

वह और उदास हो गए। पर उदासी क्षणिक होती थी। उनकी व्यस्तता उन्हें उदास होने की मोहलत नहीं देती। दूसरी तरफ़ वह पागल औरत, उदासी को दिनों चिपटाए रहती ख़ुद से।

उन्हें याद आ गया वह लम्हा। शायद पूरे तीन वर्ष बाद वे मिले थे। वह फ़ौरन उसके देह को कपड़ों से मुक्त कर स्वयं को उसमें खो देना चाहते थे, पर वह 'रुको, रुको तो...' कहकर उन्हें रोक रही थी।

'मुझे तुम्हें अच्छे से देख तो लेने दो।'

'मुझे क्या देखना!' उन्होंने अपने होंठों से उसके होंठों को ढकते हुए कहा।

'रुको..' कहकर उसने अपने दोनों हाथों से उन्हें ठेला। वह बेड पर बैठ गए, 'लो देखो, क्या देखना है?'

वह पास आई और खड़े-खड़े ही उनके चेहरे को अपने दोनों हाथों में थाम लिया। उनके माथे पर अपने होंठ धर दिए। वह सिहर उठे थे। वह उसके पूरे चेहरे को चूम रही थी।

'सुनो!' उनकी आंखों में झांकते हुए कहा था उसने, 'एक बात हमेशा याद रखना, भूलना मत। किसी भी मर्द को लिया यह मेरा पहला चुंबन है। अपने पति को भी मैने कभी ख़ुद से आगे बढ़कर नहीं चूमा।'

उस दिन प्यार कर चुकने के बाद उनकी देह में सिमटी उनकी छाती पर सिर धरे वह अशोक वाजपेयी की कविता अपने मोबाइल में पढ़ रही थी और वह उसके बालों में, उसके आंसुओं से तर गीले गालों पर उंगलियां फेरते कभी झुककर उसकी गीली पलकों को चूमते सुन रहे थे बस।

'तुम चले जाओगे

पर थोड़ा-सा यहां भी रह जाओगे
जैसे रह जाती है पहली बारिश के बाद
हवा में धरती की सोंधी-सी गंध
भोर के उजास में
थोड़ा-सा चंद्रमा।
तुम चले जाओगे
पर मेरे पास
रह जाएगी
प्रार्थना की तरह पवित्र
और अदम्य
तुम्हारी उपस्थिति,
छंद की तरह गूँजता

तुम्हारे पास होने का एहसास।
तुम चले जाओगे
और थोड़ा-सा यहीं रह जाओगे।

एक और बार किसी परिचित की शादी में शामिल होने आए वह किसी तरह घंटे भर को उससे मिलने आए थे। वह ख़ामोश ही रही थी उस एक घंटे में। अब वह सोचते हैं, तो लगता है, सच में कितना कम बात करती है वह। सिर्फ उसे सुनती है। उस दिन भी लौटकर उसने फ़राज़ का यह शेर वॉट्सऐप किया था –

उससे मिले तो ज़ोमे-तक्कल्लुम के बावजूद
जो सोचकर गए थे वही अक्सर न कहा

इस दुनिया के भीतर यह उन दोनों की ख़ुफ़िया दुनिया थी, जिसे उन्होंने ही बनाया था और वही दोनों उसे जीते थे। किसी और का प्रवेश निषिद्ध था यहां। पर दुर्भाग्यवश यह दुनिया उन्होंने स्वयं ही अपने हाथों गुमा दी। अचानक ही एक दिन एक घटना ने सब बदल दिया। एक दुनिया, जो उन्होंने पिछले कुछ सालों में बनाई थी। जो मात्र उन दोनों की थी, जो उसमें रहते थे, सुख पाते थे साथ रहने का। जो इस संसार में कहीं नहीं थी भौतिक रूप से, जिसे कोई देख नहीं सकता था, सिवाए उन दोनों के। जिनके होने से उस दुनिया का अस्तित्व था, अचानक लुप्त हो गई वह दुनिया। किसी तिलस्मी किले की तरह आंखों के सामने से धुआं हो गई।

वह अचानक ही आ गए थे उसकी ज़िंदगी में और आए तो ठहर भी गए अपने आप। उनमें उसने अपने सपनों का वह पुरुष पाया, जो जीवन में अनुपस्थित था। वैसे वह शादी-शुदा थी। पति पढ़े-लिखे थे। दो-चार साल इलाहाबाद में रहकर प्रतियोगी परीक्षाओं की तैयारी भी की, पर जब लगा कि यह मैदान अपने बस का नहीं है, तो गांव लौट आए। वकालत की डिग्री थी, तो पास के क़स्बे के मुख्य बाज़ार में एक दुकान किराए पर लेकर अपना ऑफ़िस बना लिया था। कुछ और जोड़-जुगाड़ का धंधा करके अपना काम चला लेते थे। पत्नी की सरकारी नौकरी छुड़वाकर साथ रहने और बहूगिरी करवाने के लिए घर बिठा दें या गांव के प्राइवेट स्कूल में पांच सौ की नौकरी करने भेजें, यह विकल्प भी था। पर सरकारी नौकरी का आकर्षण बड़ा था। एक बेटा भी हो गया था तब तक। ससुराल के घुटन भरे माहौल में वह खप भी नहीं पा रही थी। लिहाज़ा नौकरी उसके लिए बड़ी राहत बनकर आई।

पाँच साल तक ससुराल में सिर पर पल्लू रखकर सुशील बहू का रोल भी निभा लिया था। फिर मायके लौट आई। एक भाई, एक बहन ही तो थे वे। मायके में उसे पूरा मान दिया गया। मायके में उसे सुविधाएं ख़ूब थीं और ज़िम्मेदारी कुछ

भी नहीं। फिर यहीं नौकरी लग गई सरकारी स्कूल में। बचपन से ख़ूब पढ़ने का शौक़ था। पापा के ज़माने की ढेरों पुस्तकों पर धूल जम रही थी। बड़े-से मकान का एक बाहरी कमरा गांव के लिए पुस्कालय बन गया। इंटरनेट ने उसके लिए एक बड़ी दुनिया खोल दी। पढ़ना उसका जुनून था। बहुत-से लोग बहुत पढ़ते हैं, पर पढ़कर भूल जाते हैं। वह भूलने के लिए नहीं पढ़ती थी। किताबें ही उसके लिए धर्मग्रंथ थीं।

उसने खलील जिब्रान को कंठस्थ कर रखा था।

प्रेम किसी पर नियंत्रण नहीं रखता, न ही प्रेम पर किसी का नियंत्रण होता है।

प्रेम का संकेत मिलते ही अनुगामी बन जाओ उसका। हालांकि उसके रास्ते कठिन और दुर्गम हैं।

और जब उसकी बाहें घेरें तुम्हें, समर्पण कर दो। हालांकि उसके पंखों में छिपे तलवार तुम्हें लहूलुहान कर सकते हैं फिर भी।

और जब वह शब्दों में प्रकट हो, उसमें विश्वास रखो। हालांकि उसके शब्द तुम्हारे सपनों को तार-तार कर सकते हैं।

क्योंकि प्रेम यदि तुम्हें सम्राट बना सकता है, तो तुम्हारा बलिदान भी ले सकता है।

प्रेम कभी देता है विस्तार, तो कभी काट देता है पर।

जैसे वह तुम्हारे शिखर तक उठता है और धूप में काँपती कोमलतम शाखा तक को बचाता है, वैसे ही वह तुम्हारी गहराई तक उतरता है और ज़मीन से तुम्हारी जड़ों को हिला देता है।

अनाज के पूले की तरह वह तुम्हें इकट्ठा करता है अपने लिए। वह तुम्हें यंत्र में डालता है ताकि तुम अपने आवरण से बाहर आ जाओ।

वह छानता है तुम्हें और तुम्हारे आवरण से मुक्त करता है तुम्हें।

वह पीसता है तुम्हें उज्ज्वल बनाने को।

वह गूंथता है तुम्हें नरम बनाने तक और तब तुम्हें अपनी पवित्र अग्नि को सौंपता है, जहां से तुम ईश्वर के पावन भोज की पवित्र रोटी बन सकते हो।

प्रेम यह सब तुम्हारे साथ करेगा ताकि तुम हृदय के रहस्यों को समझ सको।

लेकिन यदि तुम भयभीत हो और तुम प्रेम में सिर्फ शांति और आनंद चाहते हो, तो तुम्हारे लिए यही अच्छा होगा कि अपनी 'निजता' को ढक लो और प्रेम के उस यातना-स्थल से बाहर चले जाओ।

चले जाओ उस दुनिया में, जहां तुम्हारी हंसी में तुम्हारी सम्पूर्ण ख़ुशी प्रकट नहीं होती। न ही तुम्हारे रुदन में सम्पूर्ण आंसू ही बहते हैं।

प्रेम न तो स्वयं के अतिरिक्त कुछ देता है, न ही प्रेम स्वयं के अलावा कुछ लेता है।

प्रेम किसी पर नियंत्रण नहीं रखता, न ही प्रेम पर किसी का नियंत्रण होता है।

चूंकि प्रेम के लिए बस प्रेम ही पर्याप्त है।

जब तुम प्रेम में हो, यह मत कहो कि ईश्वर मेरे हृदय में है बल्कि कहो कि मैं ईश्वर के हृदय में हूँ।

यह मत सोचो कि तुम प्रेम को उसकी राह बता सकते हो बल्कि यदि प्रेम तुम्हें योग्य समझेगा, तो वह स्वयं तुम्हें तुम्हारा रास्ता बताएगा।

स्वयं की परिपूर्णता के अतिरिक्त प्रेम की कोई और अभिलाषा नहीं।

लेकिन यदि तुम प्रेम करते हो फिर भी इच्छाएं हों ही, तो करुणा के अतिरेक की पीड़ा समझने को प्रेम के बोध से स्वयं को घायल होने दो।

बहने दो अपना रक्त अपनी ही इच्छा से सहर्ष।

. . .

फिर उन्हीं किन्हीं दिनों में वे मिले थे। वह किसी बड़ी कंपनी के प्रोज़ेक्ट के सिलसिले में आया था उस क़स्बेनुमा गांव में। वहां के चंद प्रतिष्ठित घरों में उसका घर भी था। कुमुद भी गांव की बेटी थी। सरकारी स्कूल में अध्यापिका थी। गांव में पुस्कालय उसी के प्रयासों का नतीजा था। गांव के चाचा, भइया, बाबा लोगों को मीठी झिड़की देने का उसे अधिकार था। गांव भर की भाभियां, चाचियां, दादियां उसकी बातें ध्यान से सुनती थीं। वह ससुराल से निष्कासित लड़कियों की तरह उपेक्षित नहीं पड़ी थी मायके में। वह तो उसकी नौकरी यहां थी इसलिए यहां रहती थी। पाहुन आते रहते थे। वह भी तीज-त्योहार जाती थी ससुराल। ससुराल में भी उसकी धाक थी। जब जाती, तो सुगढ़ बहू का स्वांग बख़ूबी निभाती।

समय के साथ वह परिष्कृत हुई थी। ट्रैक्टर से लेकर अपनी ऑल्टो तक पूरे कॉन्फ़िडेंस से चलाती थी। महीने-पन्द्रह दिन में सौ किलोमीटर गाड़ी चलाकर प्रदेश की राजधानी घूम आती। दोस्तों से मिलना, किताबें ख़रीदना, बेटे को मॉल घुमाने के लिए। उसके दोस्तों का दायरा बढ़ रहा था। उसकी चिंताओं में अपने और अपनों मात्र की जगह फैलकर अब आस-पास की दुनिया तक फैल गई थी। एक एनजीओ से जुड़कर वह गांव की महिलाओं और बच्चों के लिए भी काम करती थी। सोशल मीडिया की बदौलत अलग-अलग क्षेत्रों के जाने-माने लोगों से उसका परिचय था। लेखक, पत्रकार, कलाकार, समाजिक कार्यकर्ता। ऐसे आठ-दस लोगों का उसका एक ग्रुप था, जो साल में एक बार कहीं किसी, निर्जन, दुर्गम जगह की यात्रा पर चल देते। उसकी दिलचस्प शख़्सियत से प्रभावित हुए बिना रहना संभव न था। समर भी प्रभावित हुआ था। दोनों की पहली मुलाक़ात भी दिलचस्प थी।

उस क़स्बेनुमा गांव की पहली विजिट पर गया था वह। प्रधानमंत्री सड़क योजना के तहत बनी उस पतली-सी सड़क पर उसकी एसयूवी बरसात के बाद हुए गड्ढों से स्वयं को बचाती हुई, कभी ट्रैक्टर या बाइक सवारों को रास्ता देती बढ़ी जा रही थी। कोई बड़ी गाड़ी आती, तो बड़ी मुश्किल होती। सड़क पतली थी। किनारे खेत थे, जो बरसाती पानी से कीचड़ हुए थे। गाड़ी सड़क से उतारने पर कीचड़ में धंसने का डर रहता। उस दिन वह भाई की टवेरा लेकर निकली थी। उसके बेटे के साथ उसमें किशोरवय बच्चे ठुंसे हुए थे। आज सबको शहर घुमाने की योजना थी, पर सामने से आ रही एसयूवी के कारण आगे निकलना मुमकिन नहीं था। दोनों गाड़ियों को बड़ी एहतियात बरतनी थी, जिससे वे आपस में छू न जाएं।

समर के भीतर हल्की-सी खीझ उभरी थी सामने टवेरा देखकर, पर ड्राइविंग सीट पर एक औरत को देखकर उसकी खीझ ग़ायब हो गई। ऐसा नहीं था कि उसने आज से पहले किसी औरत को गाड़ी चलाते नहीं देखा था। उसके परिवार में ही सभी औरतों के पास अपनी गाड़ियां थीं। पर कुछ था, जो इस औरत की छवि उसके मन में अटक गई थी। शायद सितारों का खेल इसे ही कहते हों। औरत की आंखों में उसी की तरह धूप का चश्मा था और पूरी क़ाबिलियत और तन्मयता से अपनी गाड़ी निकालने की कोशिश कर रही थी। पहली ही झलक ने प्रभावित कर दिया था समर को।

दो दिन बाद जब वह साइट की तरफ़ जा रहा था, तो सामने से वह ट्रैक्टर चलाती आती दिखी। समर ने अपनी गाड़ी किनारे खड़ी कर दी और दिलचस्पी से उसे देखने लगा। जब ट्रैक्टर पास आया, तो दोनों की नज़रें मिली थीं। समर के चेहरे पर पहचान से भरी दोस्ताना मुस्कुराहट फैल गई और उधर भी सहजता से मुस्कुराकर सिर हल्का-सा झुका मानो अभिवादन किया गया। अगले कुछ दिनों में दोनों बिना मिले भी एक-दूसरे के बारे में बहुत कुछ जान गए।

उसका प्रोज़ेक्ट दो साल चला और उन दो सालों में दोनों एक सहज-से बेनाम रिश्ते में बंध गए। वह कुछेक बार उसी के साथ अपने ससुराल वाले क़स्बे गई। वह शनिवार शहर लौटता था और सोमवार वापस आता था साइट पर। उसका ससुराल रास्ते में पड़ता था। वह फ़ोन कर देती, तो पति बाइक लेकर आ जाते। सोमवार को फिर वह उसी के साथ वापस आ जाती। हालांकि ऐसा कोई नियम नहीं था कि उसे हर शनिवार ससुराल जाना ही है। पर वह देख रही थी, जब से उसे समर ने लिफ़्ट देना शुरू किया है, वह लगभग हर शनिवार जाने लगी थी। समर ने जब पहली बार उसके पति को देखा था, तो हैरत में पड़ गया था। इतनी अद्भुत औरत का साथी इतना सामान्य व्यक्ति! पर जल्द ही वह समझ गया कि इस व्यक्ति की सामान्यता दरअसल इस औरत की ताक़त है। दोनों दैव योग से जुड़ गए हैं, तो इस जुड़ने को पूरी गरिमा गंभीरता से निभाकर अंत तक ले जाने के दायित्व को बख़ूबी साध रहे हैं।

सितारे अपना काम कर रहे थे। समर स्वयं को पहली बार किसी औरत के आकर्षण में निबद्ध पा रहा था। और आख़िर एक सोमवार उसे लेकर लौटते हुए उससे रहा नहीं गया। सुबह का समय था। गाड़ी के शीशे चढ़े हुए नहीं थे। हवा के शोर के साथ बग़ल से गुज़रते वाहनों का शोर भी मौजूद था। साथ ही गाड़ी के भीतर म्यूज़िक सिस्टम पर जगजीत सिंह की मखमली आवाज़। उसके मुंह से निकल गया, 'आई लव यू।'

उसने चौंककर उसे देखा था। आंखों में सवाल था, मानो जो सुना, वह सच था या कोई भ्रम। उसने कार के शीशे चढ़ानेवाला बटन दबा दिया। बाहर की आवाज़ों से कार ख़ाली हो गई। उन दोनों की ख़ामोशी और गाते हुए जगजीत सिंह। उसके स्कूल के बाहर गाड़ी रोकते और उसके उतरने से पहले उसने फिर से अपना कहा दुहरा दिया। उसने क्षण भर को आंख उठाकर उसे देखा और कार का दरवाज़ा खोलकर नीचे उतर गई। दो क़दम आगे बढ़ी फिर मुड़कर उसकी तरफ़ आ गई। उसने कार का शीशा नीचे गिरा दिया।

'शुक्रिया! इस दुनिया की सबसे क़ीमती चीज़ से मुझे नवाज़ने के लिए।' कहकर वह मुड़ी और चल दी। वह उसे तब तक देखता रहा, जब तक वह स्कूल के गेट के अंदर जाकर ओझल न हो गई। साड़ी में उसकी लम्बी काया ख़ूब फबती थी। ससुराल जाते और वहां से आते हुए उसने साड़ी ही पहनी होती। बहुत बार उसका मन चाहा था, उससे कहे, 'आप साड़ी में बहुत अच्छी लगती हैं।' पर अब जो कह चुका था, उसके बाद कुछ और कहने-सुनने की ज़रूरत उनके बीच नहीं रह गई थी।

उस दिन के बाद भी वे मिलते रहे सहज भाव से। वह सोमवार से शनिवार सुबह तक गांव में नियमित टहलने निकलता था। एक बार वह लौटते हुए मिल गई। साथ में उसके भाई-भाभी और गांव के ही दो-तीन लोग थे। सहज ही उसने कह दिया था, 'थोड़ा जल्दी निकला करिए वॉक पर। और अगले दिन से ही वह जल्दी निकलने लगा था। छोटे-छोटे झुंड में बहुत-से लोग टहलते थे। कभी वह उसके भाई का साथ पकड़ लेता, तो कभी उससे बात करने के चक्कर में अपनी गति भूल जाता। कभी सिर्फ वही दोनों पीछे छूट जाते। उससे बात करते हुए वह उसे समझ भी रहा था और जितना समझ रहा, उतना ही उसके लिए उसका मोह बढ़ रहा था। अपने पति से भी बड़ी सहजता से मिलाया था उसने, 'इनसे मिलो, यह मेरे नए दोस्त!'

वह उससे हाथ मिलाता हुआ हंस पड़ा था, 'सर, पहली बार इनके किसी ढंग के दोस्त से मिल रहा हूँ, वर्ना तो ऐसे-ऐसे दोस्त हैं इनके कि...'

फिर एक दिन उसका प्रोज़ेक्ट पूरा हो गया। जाने से पहले उसने बताया था, वह पूरा एक दिन शहर में रहेगा। उसकी बेंगलुरु की फ़्लाइट देर रात को है। काश कल का पूरा दिन हम शहर में बिता पाते।

उस दिन उसने बेटे को साथ बिठाया और शहर चली गई। रास्ते भर उसने बेटे से कहा, 'मुझे बहुत से लोगों से मिलना है। तुम्हें अमुक भैया के यहां छोड़ूंगी।

उनके घर से वॉकिंग डिस्टेंस पर है सिटी मॉल। तुम बच्चे लोग जाकर घूम लेना और कहीं इधर-उधर मत जाना। वापसी के लिए जल्दी निकलना होगा, जिससे अंधेरा होने से पहले पहुंच जाएं।'

बेटे को चचेरे भाई के घर छोड़कर उसने समर को कॉल किया।

'मिलना है। होटल के बाहर खड़ी हूँ।'

वह उछल पड़ा था। उसे रत्ती भर विश्वास नहीं हुआ, 'मज़ाक़ कर रही हो?'

'नहीं भाई! सच में खड़ी हूँ।'

वह नीचे जाकर उसे ऊपर अपने कमरे में ले आया। उस दिन जब वह उससे मिलकर वापस जा रही थी, तो समर को लगा था, वह एकदम ख़ाली हो गया है। अगले कई दिनों तक एक ऐसी उदासी उसे घेरे हुई थी, जिसकी कोई कैफ़ियत वह अपने आप को नहीं दे पा रहा था। फिर वह अपने काम, अपनी दुनिया में व्यस्त होता गया। वह भी व्यस्त थी अपनी दुनिया में। दोनों के पास एक-दूसरे के फ़ोन नम्बर थे, पर दोनों ने लम्बे समय तक एक चुप्प बनाए रखा अपने बीच।

• • •

उस दिन भी सबकुछ वैसा ही था, जैसा उससे पहले के तमाम दिनों में रहा था। पर उस एक फ़ोन कॉल ने उस दिन और उसके आनेवाले सारे दिनों के सुबह-शाम बदल दिए।

वह खनकती आवाज़ में पूछ रही थी, 'पहचाना?' वह नहीं पहचान पाया था। इतना लम्बा अरसा कोई संपर्क सूत्र नहीं। फिर तो फ़ोन का सिलसिला चल पड़ा था। वह सुविधानुसार मिस कॉल देती। वह सुविधानुसार वापस कॉल करता। कभी ऐसा होता कि उसके मिस कॉल करने के समय वह किसी ज़रूरी मीटिंग में व्यस्त होता और जब तक वह वापस कॉल करता, उसके फ़ुर्सत के लम्हें ख़त्म हो चुके होते। सिर्फ़ इतनी ही बात होती, 'कैसी हो? ठीक तो हो?' मिस्ड कॉल पर तुरंत कॉल बैक न करने या फिर कॉल बैक करने पर बातचीत न हो पाने की कोई शिकायत वे नहीं करते। दोनों उम्र के उस मोड़ पर आ चुके थे, जहां ये बातें बेमायने हो चुकी थीं। अब वे बेहद क़रीबी दोस्तों की तरह सारी ज़िंदगी एक-दूसरे की ज़िंदगी में बने रहना चाहते थे। उसे यह पता था और वह इसी में ख़ुश भी था।

उसे यह भी पता था कि अपनी ज़िंदगी में इससे ज़्यादा उसकी उपस्थिति उसे भी नहीं मंज़ूर होती। फ़िलहाल दोनों इसी में ख़ुश थे।

. . .

उसकी पलकें मुंदी हुई हैं। मुंदी हुई पलकें अपने भीतर बेहिसाब बेचैनियां समेटे हैं, उसे पता है। दोनों नीचे कालीन पर ही बैठे हैं, आमने-सामने के सोफ़ों से अपनी पीठ टिकाए। वह उसके कहने से ही सामने बैठा है, वरना घर में घुसते ही वह उसे अपनी बांहों में समेट उसके चेहरे पर चुंबनों की बारिश कर देना चाहता था। उसकी त्वचा के रोमछिद्रों में मौजूद स्वेदकणों को अपने होंठों पर महसूस करना चाहता था, पर उसने बहुत अनमना होकर अपने इर्द-गिर्द घेरती उसकी बांहों से ख़ुद को मुक्त कर लिया था।

'घर दिखाओ।'

'घर में क्या देखना?' वह उतावला हो रहा था।

'शैतानी नहीं! और उन्हें कहां भेज दिया? मैंने कहा था न, मुझे उनसे भी मिलना है।'

'अब तुम आई ही ऐसे समय पर। वह चेन्नई गई है बेटे के पास।' कहते हुए उसे याद आ गया था कि कैसे उसने उससे कहा था, 'कभी आओ न यहां।' और उत्तर में उसने हंसकर यही कहा था कि उसके शहर की कोई सड़क उस शहर तक नहीं जाती, जहां वह रहता है। पर आज वह यहां थी, उसके शहर, उसके घर में।

अगले बीस मिनट वह घूम-घूमकर उसका घर देखती रही और वह उसे देख रहा था। उसकी सराहती नज़रों में उसे कोई दिलचस्पी नहीं थी। उसे पता था, उसका घर और घर का सारा समान बेहद सुरूचिपूर्ण, बेहद एक्सपेंसिव है। नीला ने घर सजाया भी बड़े कौशल-से है। हर आगन्तुक की नज़र में सराहना के साथ कुछ ईर्ष्यालु लकीरें भी देखने का वह अभ्यस्त है। पर यहां उसकी नज़र में सिर्फ सराहना ही है। उसे अपने तई किसी गर्व, किसी अभिमान की अनुभूति नहीं है। इसके सामने वह ऐसा कोई एहसास ला सकता भी नहीं। ये पर्दे, कालीन, कुशन, वह प्लाज़्मा टीवी, आधुनिक म्यूज़िक सिस्टम, किचन के तमाम ताम-झाम, बेहद आरामदायक और किसी ब्रांडेड स्टोर के कैटलॉग-सा सजा बेडरूम और ड्रॉइंग रूम, ये सब कुछ, जिसे किसी भी दूसरे को दिखाने में उसे एक आत्मिक सुख का

एहसास होता है, आज यह एहसास सिरे से खारिज़ है। इसके सामने ये सारी चीज़ें एकाएक कितनी फ़िज़ूल, कितनी गैरज़रूरी-सी लगने लगी हैं।

'आपने पानी भी नहीं पूछा!' वह कह रही थी, 'मेरा गला सूख रहा है।' वह झेंप गया और अपनी असल भूमिका में उतरते हुए उसे याद आया, वह इस घर का मालिक है और वह मेहमान। और शायद वह चाहती भी है कि उसे बाक़ायदा मेहमान की तरह ही ट्रीट किया जाए।

'हाँ, हाँ... क्या लेना पसंद करेंगी मैडम आप?'

'सिर्फ चिल्ड नींबू पानी!' वह मुस्कुराई थी आंखों से। उसने बेडरूम का एसी ऑन कर दिया, 'यहीं बैठो। मैं लाता हूँ।'

कुछ ही देर में वह नींबू पानी का गिलास लिए हाज़िर था। वह बेड पर नहीं बैठी थी बल्कि बग़ल में रखे सोफ़े पर बैठी थी। उसकी निगाहें साइड कपबोर्ड पर रखी उसकी और नीला की तस्वीर पर जमी है। तस्वीर के बग़ल में सिरेमिक का एक लवबर्ड का जोड़ा भी रखा है। नीला के अनुसार इसे बेडरूम में रखने से दंपति में प्यार बढ़ता है। वह अक्सर वास्तु फेंगशुई से संबंधित किताबें पढ़ती रहती है और अपने स्तर पर उनका प्रयोग भी करती है। घर ही उसकी प्रयोगशाला है।

'यहां आराम से बैठो।' वह बेड के कुशन वगैरह ठीक करने लगा। उसने हाथ के इशारे से उसे मना किया और ट्रे से गिलास उठाकर उसे होंठों से लगाकर एक सांस में ख़ाली करके साइड टेबल पर रख दिया।

'और दूँ?' समर ने पूछा था।

'नहीं', उसने सिर हिला दिया और उठ गई। 'चलो, हॉल में बैठते हैं।' उसके चेहरे पर बेचैनी उभर आई थी।

'क्यों, यहां क्यों नहीं?' उसे उसका यों अचानक उठ जाना समझ नहीं आया था।

'शरीफ़ औरतें गैर मर्दों के बेडरूम में नहीं बैठतीं।' उसने शरारत भरी हंसी बिखेर दी और वह बुड़बक की तरह 'शरीफ़ औरत' और 'गैर मर्द', इन दो शब्दों की कैफ़ियत में उलझा उसके पीछे-पीछे हॉल तक आ गया। वह बुकशेल्फ़ के पास खड़ी थी। यह एक ख़ूबसूरत-सा कलात्मक शोकेस था, जिसमें कुछ महंगे सजावटी सामानों के साथ कुछ महंगी किताबें भी सजी थीं। किताबें उसे आकर्षित करती थीं। वह किताबों के नाम देखने लगी थी। ज़्यादातर किताबें मैनेजमेंट या लाइफ़ स्टाइल से संबंधित थीं। सफलता के सूत्र, पॉज़िटिव एटिट्यूड, बड़े-बड़े

मैनेजमेंट गुरुओं के बेस्टसेलर, कुछेक चर्चित राजनीतिक पुस्तकें भी थीं। इन्हें वह यात्राओं के दौरान ख़रीदता था और यों ही उलट-पलटकर बच्चों को थमा देता था। पता नहीं, बच्चे पढ़ते थे या फिर बिना पढ़े ही उन्हें यहां सजा देते थे।

'आप लोग फ़िक्शन बिलकुल नहीं पढ़ते?' वह पूछ रही थी। सचमुच उसे बिलकुल भी शौक़ नहीं था पढ़ने का। वर्ल्ड क्लासिक्स के बारे में अपने छात्र जीवन में उसने रट्टा ही मारा था – 'फलां के लेखक फलां हैं...' इम्तिहानों को पास करने के लिए जितना ज़रूरी होता, उतना ही।

'कोई कहानी या उपन्यास जीवन की किताब होती है। और जीवन का मतलब ही होता है दर्द। कहानी मतलब छोटा दर्द। उपन्यास मतलब बड़ा दर्द। और आप ठहरे दर्द से बच-बचाकर चलने के क़ायल।'

'पर बच कहां पाया मैं! दर्द की शक्ल में तुम जो आ गई जीवन में।'

'कुछ दर्द नसीबवालों को मिलते हैं। नसीबवालों और अच्छे लोगों को। हम बहुत नसीबवाले भी हैं और बहुत-बहुत अच्छे भी।'

'हाँ, अच्छे तो हम हैं ही! तभी यह दर्द सह रहे हैं, जबकि...' वह तल्ख़ स्वर में बोलने लगा था।

वह उठकर उसकी तरफ़ आ गई थी। उससे सटकर बैठते, उसके हाथों को अपने हाथों में लेते उसने उसे थपथपा दिया था।

'ये क्यों भूलते हो, हमारे साथ जिनकी क़िस्मत बंधी है, वे सारे भी तो अच्छे लोग हैं। हम अपनी ख़ुशी के लिए उन सबों को दर्द कैसे दे सकते हैं?' वह जान रहा था, वह अपने और उसके परिवार की बात कर रही थी।

एक बहुत लम्बा वक़्त दोनों ने संवादहीनता में गुज़ारा था। बिना एक-दूसरे की कोई ख़बर लिए-दिए। फिर भी वह कभी उसे ख़त्म हुई कहानी नहीं मान पाया। कुछ कहानियां ख़त्म होकर भी ख़त्म नहीं होतीं। भले उन्हें ख़त्म हुआ मान लें, पर वे चुपचाप, बिना आहट, बिना अपने होने की कोई निशानी छोड़े बनी रहती हैं साथ-साथ। हर दिन बीतते हुए वे भी कुछ नए एहसास की सतरें अपनी कहन में जोड़ती जाती हैं। फिर अचानक एक दिन हम आश्चर्य से भरे सिर्फ ठगे-से सोचने लग पड़ते हैं कि अरे, वह तो हमारे पीछे-पीछे आ गई, बिलकुल पीछे, जैसे कभी ख़त्म ही न हुई हो।

कितना कुछ पूछ डाला था उन दोनों ने एक-दूसरे के बारे में। बीते सारे वक़्त का हिसाब जैसे चंद समय में पूरा कर लेना हो। वह सब कुछ पूछती, उसके बच्चों,

उसकी पत्नी, सबके बारे में। वह बताता उसे बिलकुल उस तरह, जैसे कोई बेहद अपने को अपने बारे में बताता है। पत्नी एक इन्टरनेशनल स्कूल में प्रिंसिपल हैं। बड़े बेटे का एक बहुराष्ट्रीय कंपनी में प्लेसमेंट हो गया है। छोटा भी अच्छा कर रहा है। आईआईटी निकाल ले संभवतः। उसने दिल्ली में दो फ़्लैट कर लिए हैं।

'दो-दो...' वह आश्चर्य करती, 'वह किस लिए?'

'अरे भाई! दो बेटे भी तो हैं।'

'बड़े कैलकुलेटिव हो। बेटे लायक हैं। इस दुनिया में अपनी जगह ख़ुद बना लेंगे।' वह हंसकर कहती।

दोनों के दुख-सुख, ख़ुशी-परेशानी बिलकुल अलग। दोनों के दिन-रात, काम-काज भी अलग। दोनों की दिनचर्या, खाना, पहनना, मिलना-मिलाना, आस-पास सब अलग-अलग फिर भी कोई सूत्र था, जो दोनों को जोड़े था। कुछ ऐसा, जो अनदेखा भी था, अनचीन्हा भी।

उसने बहुत पहले कहा था एक बार, 'जीवन में जब भी कुछ अच्छा-सा महसूसना, मुझे याद करना। इस तरह तुम मुझे कभी नहीं भूलोगे।'

'ऐसा क्यों?'

'क्योंकि तुम क़िस्मत के बेटे हो। तुम्हारे साथ अच्छा ही होगा।'

'तुम्हारे साथ क्यों नहीं?'

'क्योंकि हमारी भाग्य रेखाएं एकदम अलग-सी हैं। मैं थोड़ी टेढ़ी-सी हूं न, सो रेखाएं भी वैसी ही पाई हैं।' उसने हंसकर आगे कहा था, 'पर घबराओ नहीं! कैसी भी क़िस्मत हो, मैं हैंडल कर लूंगी।' उसने जितने आराम से यह सब कहा था, उतने ही आराम से उसने वह सब मान भी लिया था।

हाँ, वह जहां होगी, जिन लोगों के बीच होगी, अपनी पूरी सत्ता से होगी। इतने लम्बे अरसे में उसे लेकर उसके मन में कोई चिन्ता कोई दुविधा नहीं उपजी और अभी कुछ समय पहले जब फ़ोन पर उसकी खनकती आवाज़ सुनी थी, तब यही लगा था, यह आवाज़ सब तरफ़ से भरी-भरी औरत की ही आवाज़ है। गहरा सुकून महसूस हुआ था उसे। उस आवाज़ के लिए जाने कैसी ममता-सी जगी थी। भीतर कुछ उमड़-सा पड़ा था और जाने कितने अरसे बाद मन इस क़दर गीला हो उठा था कि उसकी नमी आंखों में महसूस होने लगी थी।

फ़ोन पर ही पूछा था उसने, 'आख़िर इतने दिनों बाद उसे पीछे छूट चुके रास्तों की याद क्योंकर आई?'

'अरे यार! कहीं पढ़ लिया, यह दुनिया दिसम्बर की बारह तारीख़ को ख़त्म होनेवाली है। पहले भी तो इस तरह की कितनी भविष्यवाणियां की गई थीं, पर इस बार मन अटक-सा गया। तुम ध्यान आ गए। लगा, जाने से पहले हाय-हलो तो बनता है न।' कहते-कहते खिलखिला पड़ी थी, तो वह भी हंस पड़ा था।

उससे बातें करते हुए कितना-कितना मन होता था कि काश, वह यहां उसके सामने बैठी होती। आज उसका सोचा हुआ सामने था। जिस शहर तक उसके शहर का कोई रास्ता नहीं आता था, उसी शहर में उसकी कोई सहेली आकर बस गई थी, जिसकी शादी की पच्चीसवीं सालगिरह पर उसे यहां आना पड़ा था। वह बहुत ख़ुश थी और रोमांचित भी। उसने बताया था, 'स्कूल के ज़माने की कई सहेलियों से वह एक ज़माने बाद मिलेगी। उससे और उसके परिवार से भी मिलेगी।' वह भी ख़ुश था। रोमांचित भी। वह उसके सामने होगी उसके घर में।

वह उसके पैरों पर उभरी नीली नसों पर उंगलियां चला रहा था। वह कह रही थी, 'हमारे बीच जो यह है, वह फ़िलर नहीं है। मैं कहीं से रीती हुई हूँ इसलिए मैंने कुछ शुरू नहीं किया। यह सब कुछ फिर से शुरू हुआ नहीं है मेरे लिए, न ही आगे चलना... या फिर बढ़ना... ऐसा कुछ भी नहीं। यह तो ऐसे है, जैसे जो जितना था, उसे महसूस करना उसी शिद्दत के साथ। वह सब कुछ, जिसके प्रति इतनी गहरी आश्वस्ति थी कि जब जिस मोड़ पर सिर्फ चाहने भर से उसे पुकार लिया जाएगा, जैसे लॉकर में गहने रखकर हम निश्चिंत हो जाते हैं और गहने गढ़वाने, तुड़वाने, सुधरवाने में गाफ़िल रहे आते। यही हमारी निधि है। हम जब चाहेंगे, इसे पहन-ओढ़ लेंगे। बस वही निश्चिंतता, वहीं आश्वस्ति मेरे भीतर हमेशा रही हमारे इस रिश्ते को लेकर।'

वह चुपचाप सुन रहा था उसकी बातें। उसके कहने में उसे अपना कहा शामिल-सा लग रहा था। सचमुच उन तमाम ख़ामोश दिनों में कितनी बार तो उसे याद किया था। कभी कविता की किसी पंक्ति को पढ़ते, कभी किसी गाने को सुनते, कभी बारिश की बूंदों को पड़ते देख, कभी ठिठुरती सर्दियों में चाय की चुस्कियां लेते। वे सभी यादें, वे सभी बातें उसकी नसों में लालसा-कामना की आग-सी फूंक रहे थे। वह उस पर झुकता हुआ बोला था, 'मुझे आने दो ख़ुद तक। मैं तुम्हें अपने में महसूस करना चाहता हूँ।'

'सीधे बैठो, शैतानी नहीं!' कहते हुए उसने अपने पैर सिकोड़कर घुटनों को दोनों हाथों से घेरकर उस पर अपना सिर टिका दिया था और उसे अपनी पनियाई आंखों से देखने लग पड़ी थी। मानो उसके कहने की थाह ले रही हो। वह अच्छे से जानती थी, किसी मर्द के भीतर अपने शरीर के लिए लालसा पैदा कर सकनेवाली स्त्री जैसी कोई बात अब उसमें नहीं रही है। क्यों नहीं वह भी उतनी ही लालसा, उतनी ही कामना से कह पाई कि हाँ, मैं भी उसी तरह तुम्हें महसूस करना चाहती हूँ। पर उसके चेहरे पर नकार की एक हल्की छाया-सी उतर आई थी। वह झूठ बोलता अगर कहता कि उसके चेहरे की उस छाया से वह बेअसर रहा था। उसे धक्का लगा था। दरअसल एक औसत मर्द की तरह उसकी लालसा का केंद्र उसकी देह तक पहुंचना रहा था। भले यह पहुंचना प्रेम से प्रेरित हो, गहरे प्रेम से। आदमी गहरी नफ़रत और गहरे प्रेम में स्खलित तो औरत की देह में ही होना चाहता है। अचानक उसे चिढ़-सी मचने लगी थी। वही मिडिल क्लास मेंटेलिटी, इसकी सोचो, उसकी सोचो, सबकी सोचो। बस अपने लिए, अपनी ख़ुशी के लिए सोचना-करना स्थगित रखो। कितनी वाहियात-सी चीज़ों में अपने आपको गाफ़िल किए हम यों ही पूरी उम्र गुज़ार देते हैं। कभी-कभी पूरी उम्र गुज़र जाती है और सच्ची ख़ुशी की पहचान नहीं हो पाती। हम ख़ुशनसीब हैं, जो उम्र रहते इस ख़ुशी को पहचान पाए और अब बाक़ी की उम्र इस घुटन के साथ गुज़ारना कि ख़ुशी तो बिलकुल पास थी, हाथ बढ़ाकर ले लेने जितने फ़ासले पर लेकिन वह ज़रा सा फासला...

'नाराज़ हो?' वह पूछ रही थी, 'यह तुम्हारे मन की सहज इच्छा हो सकती है, पर मेरा मन नहीं मानता। प्रेम में हमें प्रेमी के लिए अपने को उत्सर्ग कर देना चाहिए, मैं यह नहीं मानती। प्रेम में जो भी घटे, उसका अनुपात प्रेमियों की सामान्य इच्छा हो। शायद शरीर की भी अपनी मजबूरी हो। स्पर्श अब उत्तेजना नहीं जगाता। गहरी आत्मीयता का भरोसा देता वार्म हग, ऐसी छटपटाती चाहत, एक सुकून देती थपथपाहट, जो मेरी मानसिक भटकन को सोख ले, सिर्फ इतना ही। तुम्हें सुखी करना चाहती हूँ लेकिन इस तरह नहीं। यह सुख सिर्फ तुम्हें नहीं, मुझे भी चाहिए। वैसा ही और उतना ही। सिर्फ तुम सुखी होओ और वह सुख मुझे छुए भी न, ऐसा कुछ मुझे मंज़ूर नहीं। अनबैलेंस्ड रिश्ते बहुत जी चुकी, जी रही हूँ। तुम्हारे साथ तो निर्मल मन से जी लूँ!'

उसने उसके मुंह पर अपने हाथ रख दिए हैं और उसे अपने और क़रीब खींच लिया है। थकी-सी वह उसके सीने पर अपना सिर रखे आंखें मूंदकर उसकी उंगलियों का स्पर्श अपने माथे पर महसूस कर रही है। उसे पता है, यह सुख क्षणिक है, कुछ देर बाद सब बदल जानेवाला है। वह चली जाएगी अपनी दुनिया

में। वह रह जाएगा अपनी दुनिया में। उसे यह भी पता है, उसे छोड़ने आने पर वह कहेगा ज़रूर, 'मिस्ड कॉल देना।' वह भी मुस्कुराकर कहेगी, 'हाँ बिलकुल!'

हर बार मिलकर बिछड़ने का ख़ौफ़ जीना ही पड़ता है।

हर बार मिलकर जाते वक़्त वह उसके कानों में साहिर को बुदबुदाती है –

तेरा मिलना ख़ुशी की बात सही
तुझसे मिलकर उदास रहता हूँ।

...

बहुत कम थे वे लम्हे, जो उसे उसके साथ मिलते थे और अक्सर उनका मिलना, न मिलने के दुःख से बड़ा होता था। यों कि वह उन दो घबराए बच्चों से थे, जिन्हें तमाम मिन्नतों, मेहनतों के बाद घरवालों से साथ खेलने को थोड़ी मोहलत मिलती और वे अपनी सबसे पसंदीदा गेंद लेकर जैसे ही साथ खेलने को हुए, गेंद कहीं झाड़ी में गुम हो गई और अब वे बिना खेले घर लौट रहे थे, रुआंसे से। *1

तमाम सजदों, तमाम दुआओं, तमाम आहों के बाद मिले वे ज़रा से लम्हे एक-एक सरकते पल में जैसे सांसों में धुआं भरता महसूस हो, जैसे नब्ज़ डूबती ही जा रही हो, हर गुज़रता लम्हा उन्हें मिलाने की बजाय दूर करने के लिए तैयार खड़ा होता। *2

कितनी बातें थीं, जिन्हें साझा किया जाना था। कितनी खरोंचों पर मुहब्बत के फाहे रखे जाने थे, पर घड़ी की टिकटिक ने नए घाव दिए। कितना-कितना हँसना था, कितना-कितना रोना, पर बेरहम वक़्त ने उन्हें मोहलत न दी। जब अंदेशा हो कि कहीं यह मुलाक़ात आख़िरी मुलाक़ात न हो, तब मुहब्बतें कैसी ख़ामोश हो उठती हैं। न वादे, न गिले, न आंसू और न मुस्कान। *3

(*1, *2, *3 – ममता सिंह की 'बातें बेवजह की' सीरीज़ से आभार सहित)

हालांकि परिस्थितियां हमेशा विपरीत ही रहीं फिर भी पिछले पंद्रह वर्षों में उन्होंने अपने रिश्ते को बचाकर रखा था, पर थोड़ा-सा समय विपरीत हुआ और यह रेत का महल ढह गया।

कुछ तूफ़ान दिखते नहीं, कुछ आबादियां भी दिखती नहीं। ये न दिखनेवाले तूफ़ान, न दिखनेवाली बरबादी कर देते, उजाड़ देते हैं बहुत कुछ। कुछ उजाड़ दिखते नहीं, महसूस किए जाते हैं बस। कुछ बस्तियां अदृश्य होती हैं। अपनी अदृश्यमान चमक से उजली ये अदृश्य बस्तियां जब उजड़ती हैं, तो इनका उजड़ना भले न नज़र आए, पर अपने निशान वे देकर जाती हैं।

वह उजड़ गई थी और उजड़ने के बहुत से निशान लिए बैठी थी।

एक दिन में कुछ नहीं उजड़ता। जिन दिनों वह टूटी-फूटी उजाड़ हो रही थी, उन्हीं किन्हीं दिनों में बेमन से फ़ेसबुक स्क्रॉल करते हुए युवा कवयित्री शैलजा पाठक की कविता पर उसकी आंखें गड़ गई थीं। पढ़ते हुए कुछ पंक्तियों पर उसकी निगाहें बार-बार ठहरीं –

ऐसे लोगों को दिल मत देना
जो तुम्हारी बातें तब सुनें, जब उन्हें फुर्सत हो
ऐसे इंसान के सामने अपनी बात कहते कभी मत रोना
जो तुम्हारी बात के दरमियान लगातार अपना फ़ोन देखता हो
उस इंसान को दोस्त क़तई मत बनाना
जिसके शनिवार-रविवार पर तुम दस्तक भी नहीं दे सकती
उनके त्योहार में तुम नहीं हो
उनकी छुट्टियों में नहीं हो कहीं
उनकी फ़ैमिली आउटिंग में भी नहीं
तो अपने इतने संवेदनशील मन का छीछालेदर करने के लिए कभी सोमवार
का इंतज़ार मत करना
दोस्त हो या प्रेम
इजाज़त लेकर बोलने और रोनेवाली जगहें बंजर होती हैं।

उसने शैलजा की वॉल पर लिखा, 'लड़की, काश तेरा यह लिखा कुछ लोग पहले पढ़ लेते, तो शायद बंजर ज़मीनों पर आंसू न बर्बाद करते।'

• • •

उस दिन को बीते भी बहुत दिन हो गए। प्रत्यक्ष में सब कुछ सामान्य था। वह हादसा, जो उनके जीवन को छिन्न-भिन्न कर चुकने का माद्दा रखता था, जिसकी टाइमिंग इतनी ख़राब थी, पर शायद उस अटपटे समय के कारण ही क्षति नहीं हुई या नहीं होने दी गई।

बेटे की शादी के ऐन एक दिन पहले घर से होटल के लिए निकलने वाले थे सब तिलक चढ़ाने और ठीक उसी समय चार्ज़ पर लगे समर के फ़ोन पर ध्यान गया था उसका। उसे निकालकर पर्स में रखने को बढ़ी। जल्दी में छूट न जाए। तभी मोबाइल पर वॉट्सऐप मैसेज चमका और कौतूहल में भरकर उसने वॉट्सऐप खोल लिया। लगा, मानो भरभराकर छत ही उस पर गिर पड़ी है। उसी समय समर दाख़िल हुआ था कमरे में उसे पुकारते हुए, 'जल्दी करो नीला, अभी कितनी देर है?'

पत्नी को हाथ में उसका मोबाइल पकड़े आगबबूला देख सकपका गया। नीला ने खींचकर मोबाइल उस पर फेंका था और दाँत पीसते हुए चीख़ी थी, 'यू चीटर!' और फिर उसका गुस्से से आगबबूला होना। उसके फ़ोन से कुमुद के वॉट्सऐप पर मैसज करना। उसका नम्बर ब्लॉक करना। उसने कितनी मिन्नतें कीं। वह कमरे से निकल सीधी जाकर गाड़ी में बैठ गई थी।

शहर के नामी पार्लर में कुशल ब्यूटीशियन और हेयर स्टाइलिस्ट से कराए गए मेकअप और केश-विन्यास के बावजूद उसका चेहरा राख पुता-सा लग रहा था। पल भर में चेहरे की सारी रौनक बुझ गई थी। अभी कुछ देर पहले बेटे की शादी के आयोजनों में उत्साह से अपनी चमक बिखेरती उसकी शख़्सियत अचानक वीरान हो गई थी। सन्निपात की-सी हालत में बेटे की शादी निबटाई उसने। उसका मन चीख़-चीख़कर रोने का करता। मन करता, समर को काट-पीट दे। समर को देखते ही गुस्से से उसकी मुट्ठियां भिंच जातीं। जी में आता, जो कुछ हाथ में है, वही चलाकर उसे चोट पहुंचाए।

समर सहमा-सा था। शादी, रिसेप्शन के बाद घर बिलकुल ख़ाली हो गया था। इस दरमियान स्वयं को नॉर्मल दिखाने की कोशिश ने दोनों को थका दिया था। दोनों चुपचाप अपनी तयशुदा भूमिका निभाए जा रहे थे और आपसी बातचीत को होल्ड पर रखा था। समर जानता था, सबके जाते ही उसे कटघरे में खड़ा होना पड़ेगा। बचने की कोई सूरत नहीं। अपनी पैरवी उसे ख़ुद करनी थी और वह अच्छी तरह जानता था, वह बाज़ी हार चुका है। उसके पास वे शब्द ही नहीं हैं, जिनके सहारे वह अपने संगीन अपराध को झुठला सके। कैसी विडम्बना है, जीवन की सबसे निर्दोष प्राप्ति, सबसे ख़ूबसूरत एहसास आज गुनाह के रूप में

उसके सामने खड़ा है। जीवन क्या करवट लेगा, इससे हम हमेशा अनभिज्ञ ही रहेंगे।

बार-बार उसने मन-ही-मन अपनी सफ़ाई की भूमिका बनाई, पूरे संवाद मन-ही-मन दोहराए। कहेगा, वह ही पीछे पड़ी थी एक फ़ैन की तरह कि वह बहक गया था। उसके जाल में फंस गया। उफ़ भगवान! यह एक सीधा-सा, छोटा-सा, बस कुछ सरल शब्दों का मेल कि हाँ, वह उस महिला से प्रेम करता है, कह पाना इतना कठिन क्यों! लड़ने, झगड़ने और नफ़रतों की बातें कभी किसी के सामने कह देना सबसे सरल है, पर प्रेम का होना, प्रेम को स्वीकारना, प्रेम को जीना जीवन का सबसे कठिन क्षण!

उसकी सफ़ाइयों, माफ़ियों का तत्कालिक असर बस यह हुआ कि नीला बिना कोई हंगामा मचाए अपनी दिनचर्या में लौट आई। उसी तरह बेटे-बहू से बातें करके उनका हाल लेना। नियम से छोटे बेटे से बात करना। पर हृदय में एक कील-सी तो गड़ ही गई थी। लगातार प्रिटेंड करते रहने, तनाव और गुस्से ने उसे बीमार कर दिया। हाई बीपी की पेशेंट हो गई। समर और गिल्ट में चला गया। और फिर इसी समय महामारी का कहर। अब दोनों ही घर में बंद थे।

समर का वर्क फ्रॉम होम चल रहा था। कंपनी हेड होने की वजह से वह व्यस्त था। कभी ऑनलाइन मीटिंग लेने में, कभी फ़ोन पर। फ़ोन और लैपटॉप के साथ वह रात के नौ-दस बजे तक व्यस्त रहता। नीला लगभग ख़ाली थी। कभी-कभार ही उसे ऑनलाइन आकर बतौर प्रिंसिपल अपने स्कूल टीचरों की मीटिंग लेनी होती और ऑनलाइन चल रहे क्लासेज़ की स्ट्रेटजी पर बात करनी होती। पेरेंट्स टीचर मीटिंग में भी उसे मौजूद रहना होता।

समर चुपचाप सुबह की चाय बनाता और घर की सफ़ाई कर देता। अक्सर जब वह किचन में जाता और अगर सिंक में बर्तन होते, तो उन्हें धुलकर रख देता। वह चाहता था, नीला से खुलकर बात करे। पर क्या वह समझ पाएगी? इतना आसान है क्या, दो लोगों के बीच की बात को किसी तीसरे को समझा पाना? नीला इस घर की धुरी थी। बेहद मजबूत स्तंभ भी। इस अकल्पनीय प्रकरण ने उसकी अना को चोट पहुंचाई थी, जिससे वह बुरी तरह तिलमिलाई हुई थी। शायद समर की थोड़ी-सी बदचलनी वह बर्दाश्त कर भी लेती, पर यह बेवफ़ाई उससे बर्दाश्त नहीं हो पा रही। लम्बे-लम्बे बिज़नेस टूर पर वह बाहर रहता था, क्या पता वहां क्या-क्या करता है? वह इन सब बातों की परवाह नहीं करती थी। इतने लम्बे दाम्पत्य में दोनों ने एक पल के लिए भी एक-दूसरे में विश्वास नहीं खोया था। समर ने उसे एक निश्चिंत और सम्मानजनक जीवन दिया था। मतभेद, झगड़े, नोक-

झोंक में दोनों ने हमेशा एक-दूसरे के सम्मान का ख़याल रखा था। कभी सीमा नहीं लांघी। दरअसल उसकी समझ ने उसे स्थिति की पूरी सचाई समझा दी थी। यह सतही, वक़्ती संबंध नहीं था। अगर समर सच कह रहा है कि वह उस औरत से महज़ कुछेक बार ही मिला है। कि वह जिस अनजान-से क़स्बे में रहती है, वहां तक उसका जाना असम्भव है भविष्य में। कि हाँ, यह सही है, उसके प्रति कुछ इनफ़ैचुएशन-सा रहा था थोड़े समय, बस और कुछ नहीं।

पर वह कैसे झुठला दे आंखों-देखे टेक्स्ट को – 'लव यू मिस यू जान!' ये चंद शब्द ही उनके रिश्ते की गहराई बयां कर दे रहे। पति की 'एडल्टरी' को शायद वह माफ़ भी कर देती, पर पति का 'प्रेम' उसके हृदय में कांटे की तरह गड़कर निरंतर ख़ून का रिसाव कर रहा। यह दर्द उसकी बर्दाश्त से बाहर हो रहा।

पर अब दोनों के बीच एक बर्फ़-सी पसरी थी। वह अपने सीने में भी एक बर्फ़ की सिल्ली-सी रखी महसूस करती है। चाहकर भी हटा नहीं पाती। पता नहीं, कितने समय से समर ने बहुत कोशिश की इस बर्फ़ को पिघलाने की, पर यह मुश्किल लग रहा था। दरअसल समर डरता था नीला से। कहीं ग़ुस्से और हताशा में वह कुछ कर न बैठे। जीवन की कहानी ब्रेकिंग न्यूज़ की तरह लोगों की बातों का केंद्र न बन जाए, अब तक का अर्जित सबकुछ मिट्टी में न मिल जाए, ये सब सोच सोचकर वह पागल हुआ जा रहा था और कहीं-न-कहीं कुमुद को इन सब का ज़िम्मेदार ठहरा देना उसे आसान लगा था। या कहीं मन में बहुत गहरे वह कुमुद को लेकर, कुमुद और अपने बीच के उस कोमल से एहसास को लेकर बहुत आश्वस्त था। वह नहीं बिगड़ेगा, उसे कोई ख़तरा नहीं, उसे संभालने की कोई आवश्यकता नहीं। ज़रूरत तो सारी उस रिश्ते को है, जो उसका नीला के साथ है। सब कुछ, जो उसके जीवन में है, सब उसने नीला को दिया है। अपना साथ, अपने शरीर का वीर्य, अपनी संपत्ति, बैंक बैलेंस, अपनी परवाह सब कुछ। कुमुद को तो सिर्फ थोड़े-से एहसास मिले हैं। एहसास बचाने के लिए भी थोड़ी-सी परवाह दिखानी पड़ती है और उसमें वह चूक रहा है, उसकी उलझनों ने उसे यह सोचने की मोहलत नहीं दी थी।

फ़िलहाल नीला महत्त्वपूर्ण थी। वह पूरा कंसर्न दिखाता। नाश्ता कर लिया? दवा खा ली? तुमने दूध ले लिया न? गरम पानी पीते रहना। गिलोय और तुलसी वटी एक-एक गोली लेती रहना। छोटे-छोटे सवाल, उनके 'हाँ' या 'ना' में कहे गए छोटे-छोटे उत्तर। एकदम से उनके बीच की बातें मानो ख़त्म हो गईं। कुछ कहने को बचा ही नहीं। समर डरा हुआ भी था। जितना वह नीला को जानता था, वह बहुत स्ट्रॉन्ग है। समर रात में कोशिश करता कि बिस्तर पर नीला और अपने बीच

की दूरी को ख़त्म कर दे, पर अब यह संभव नहीं हो पाता। विवाह के शुरुआती वर्षों में कभी आपसी मनमुटाव होता भी, तो बिस्तर पर एक दूसरे के शरीर की छुअन बर्फ़ को पिघला देती थी। शरीर की अपनी एक भाषा होती है। वे आपस में बोल-बतियाकर सुलह कर लेते हैं। पर अब बहुत अरसे से दोनों के शरीर आपस में कुछ कहना-सुनना बंद कर चुके हैं। अब शरीर की बेमौक़े और बेलिहाज़ छुअन रोमांचित नहीं करती बल्कि असुविधा उत्पन्न करती है। नीला को भयंकर रूप से स्पॉन्डलाइटिस है। कभी-कभी स्लिप डिस्क की समस्या भी उभर आती है। कभी दुलार में भरकर समर की बाहों पर सिर रखकर उसकी छाती से सटकर सोती भी है, तो कुछ देर बाद ही कराहकर गर्दन के नीचे से उसकी बांह हटा देती है। शरीर अब अपने स्पेस का आदी हो गया है। छाती में मुंह घुसाकर पूरी रात सो सकना अब संभव नहीं। पति-पत्नी के संबंधों की इमारत में गारे सिमेंट की तरह बहुत से अवयव जुड़े होते हैं। समाज, परिवार, बच्चों के साथ एक-दूसरे के शरीर की ऊष्मा भी इस संबंध को जोड़ने का काम करती है। दंपतियों के युवावस्था के सारे झगड़े-मतभेद अक्सर बिस्तर पर सुलझ जाते हैं।

पर समय बीत चुका था। पिछले बहुत समय से शरीर में एक-दूसरे के लिए कामनाएं जगनी बंद हो चुकी थीं। उम्र का यह हिस्सा ही सच्चे साहचर्य की कसौटी होता है। छुअन अब भले ही रोमांच नहीं जगाता, एकांत मिलते ही एक-दूसरे के शरीर को महसूसने की उत्कंठा अब हिलोरे नहीं मारती, पर मौजूदगी ढांढ़स देती है। कोई है, जो साथ है हर पल। दो मिलकर एक होते हैं। उन दोनों ने मिलकर इस संसार के भीतर अपना एक निजी संसार रचा है। आज ये दो जवान पुरुष उन दोनों की रक्त-मज्जा से बनकर इस संसार में आए। दोनों ने साथ मिलकर इनका पालन-पोषण किया है। इनके लिए रातों को जागे हैं, चिंतित हुए हैं। उनके स्वास्थ्य, शिक्षा और उज्ज्वल भविष्य के लिए दोनों की परवाह और कोशिश एक ही धरातल पर थीं। यह सहभागिता ही परिवार नामक संस्था का यूटोपिया रचती थी उनके इर्द-गिर्द। इससे दोनों को जो प्रिविलेज मिलती, उसको दोनों ही उच्च स्तर के गर्व में जीते थे। सब कुछ अच्छी तरह बिलकुल प्लान के अनुरूप हो रहा था। ईश्वर की कृपा थी कि परिवार उत्तरोत्तर प्रगति कर रहा था।

वह एक संभ्रांत और प्रतिष्ठित परिवार से ताल्लुक़ रखती थी। देहरादून के कॉन्वेंट स्कूल और बाद में वनस्थली से उच्च शिक्षा प्राप्त की। समय पर विवाह तय हो गया। ससुराल और पति भी मनोनुकूल ही थे। उसके इर्द-गिर्द का सारा कुछ उसके अभिभावकों द्वारा चुना गया था और वही चुना गया, जो उसके लिए सर्वश्रेष्ठ समझा गया। पढ़े-लिखे आधुनिक और परम्परागत परिवारों के रिवाज़ के अनुसार उसकी राय ली गई थी। ऐसे परिवार, जो बेहतरीन स्कूलों में अंग्रेज़ी मैनर्स

के साथ तो शिक्षित हुए रहते हैं, मगर अपनी परम्परागत पितृसत्तात्मक सोच से भी जकड़े होते। अपने सामंतवादी मूल्यों से इन्हें बड़ा प्रेम होता है। विवाह जैसे संबंधों के लिए उनकी सोच का दायरा संकीर्ण ही होता है। बेटा-बेटी कितनी भी उच्च शिक्षा प्राप्त हों, पर इस विषय पर उनकी स्वतंत्रता सीमित थी। प्रेम विवाह की कल्पना भी असम्भव थी।

अपने परिवार के मिज़ाज के अनुकूल ही उसका भी मिज़ाज था। पर अब सबकुछ ख़त्म हुआ जान पड़ रहा था। वे शब्द – 'लव यू... मिस यू जान' हवा में टंगे उसे मुंह चिढ़ाते हैं। अपना अब तक का सारा किया-धरा मिट्टी लगता है। इकतीस साल का रिश्ता झूठा लग रहा था। जाने कब से यह आदमी उसे चीट कर रहा था। कितनी निश्चिंत थी वह अब तक। सब कुछ अच्छा चल रहा था। फिर कब यह सब शुरू हो गया? अब वह क्या करे? ख़ुद को मकड़जाल में फंसा महसूस कर रही। यह बड़े यत्न से संवारा गया घर, क़ाबिल बच्चे, ख़ूबसूरत टेरेस गार्डन, जिसके एक-एक पौधे, गमले, कुर्सियां उसने कहां-कहां से खोजकर मंगाए थे। वॉर्डरोब में भरे कपड़े, डिज़ाइनर साड़ियां, महंगे फुटवियर, ब्रांडेड हैंडबैग्स। कितना कुछ अगड़म-बगड़म। इन सब से बनी थी उसकी दुनिया। लॉकर में रखी ज्वेलरी, बचत खाते, दोनों फ़्लैट्स के काग़ज़, ये सब अब तक उसकी दुनिया थे। ये सब सहज ही उन दोनों का था, उनके परिवार का था। अचानक सभी तरह के दावों से वह अपने को अपदस्थ महसूस कर रही थी। अब सब वैसा नहीं रह गया था।

सब झूठा हो गया था। और इस झूठ को जानते हुए लगातार प्रिटेंड करना, करते रहना असहनीय था।

• • •

हद है, प्रेम हमेशा
मुसीबत की तरह आया
कोई मुसीबत कभी
प्रेम की तरह नहीं आई।
– गीत चतुर्वेदी

उस वाक़ये को गुज़रे अनगिनत दिन बीत गए थे। वह निरंतर कोशिश में था कि नीला के मन से किसी भी तरह, कुछ भी करके वह कांटा निकल सके। समर ने वॉट्सऐप पर कुमुद का नंबर ब्लॉक कर दिया था। कितने महीनों तक उसकी कोई ख़बर ख़ुद तक न आने दी थी।

वह अचम्भित था। उसने मिलने के लिए कोई एकांत जगह नहीं बल्कि यह भीड़वाला रेस्टोरेन्ट चुना था। दोनों ने आजकल की सबसे ज़रूरी चीज़ों का पूरा ख़याल रखा था। दोनों के चेहरे पर मास्क थे। कुर्सी खींचकर बैठने के बाद उसने सैनिटाइज़र की दो बूंदें हाथ पर डालीं और उसकी तरफ़ बढ़ा दिया। उसने अपने हाथ खोलकर उसके सामने फैला दिए। उसने उसके हाथ पर भी सैनिटाइज़र की दो बूंदें डाली। दोनों ने अपने-अपने हाथों को अच्छे से रगड़कर सैनिटाइज़ कर लिया।

'यहां क्यों? होटल ठीक रहता!' उसने कहा था। ऐसा पहली बार था, जब वे दोनों इस तरह खुले में सार्वजनिक स्थल पर मिल रहे थे।

'आप कुछ बताना चाहते थे न।'

'हाँ! शायद सुनकर तुम्हें ख़ुशी हो।'

'मेरे लिए आपके पास बस एक ख़ुशी होती थी, जब आप मुझसे मिलने आनेवाले होते। अब यह भी बात ख़ुश नहीं कर पाई। फिर भी... बताइए।'

'नीला ने मुझे छोड़ने का फ़ैसला कर लिया है।'

'और आपको लगा, यह ख़बर मेरे लिए ख़ुशख़बरी है।' उसके स्वर में गहरा अविश्वास था।

'मैंने भरसक कोशिश की कि सब कुछ ठीक हो जाए। मैंने इतने दिनों तक तुमसे कोई संपर्क नहीं रखा, पर कोई नतीजा नहीं निकल सका। नीला ने मुझे माफ़ नही किया।'

'फिर?'

'तुम्हें ख़ुशी नहीं हुई?'

'आपकी पत्नी ने आपको छोड़ने का फ़ैसला कर लिया है, इस बात पर मुझे ख़ुशी होनी चाहिए, आपने यह सोचा? अच्छा, यह बताओ, मुझे दुःख किन बातों से हुआ या होगा, आपने यह भी तो सोचा होगा न... या नहीं। शायद नहीं ही सोचा। मेरे दुःख के बारे में सोचते, तो बहुत कुछ सोचते आप।'

वह अन्यमनस्कता से भर उठा। इस समय दोनों ने अपने मास्क चेहरे से हटाकर गले में लटका लिए थे। वह उसकी डबडबाई आंखों को देख रहा था। आज न वे गले मिले थे, न ही उसने उसका हाथ पकड़ा था। दोनों के बीच में काफ़ी चौड़ी मेज़ थी, जो दोनों के बीच की सोशल डिस्टेंसिंग को मेन्टेन किए हुए थी।

'मुझे तुम्हें प्रेम करते हुए तुम्हारे वियोग का दर्द मंज़ूर था। कभी मैंने तुम्हें अपनी किसी बात से असहज नहीं करना चाहा। मेरे लिए बस इतना ही महत्त्वपूर्ण था कि तुम मुझे प्यार करते हो और उतना ही दर्द तुम भी सहते हो, जितना मैं। इस प्रेम में राहत बस इस एक बात की थी कि हम साझे का दर्द सह रहे थे। पर अचानक मैं अकेली हो गई। छोड़ दी गई अकेली एक अनंत रेगिस्तान में। हमारे प्रेम में हम साथ नहीं थे, फिर भी मैं भरी रहती थी तुम्हारे साथ होने के एहसास से। वह जो थोड़ा-सा वक़्त हम अपनी अपनी अलहदा ज़िंदगियों से मैनेज करके साथ बिता पाते थे, उस वक़्त को मैं थामे रहती थी कसकर। उसे बीतने नहीं देती थी। बीतने नहीं देना चाहती थी। और हर क्षण इस गुमान में रहती थी कि तुम भी बिलकुल ऐसा ही सोचते हुए मुझसे दूर जाते थे। वही मरोड़, जो मेरे भीतर कहीं उमड़ती थी, पलटकर अपनी दुनिया की ओर जाते हुए वही मरोड़ तुम्हारे भीतर भी ठीक उसी तरह उसी जगह उठती है।'

'प्रेम में की जानेवाली बेवकूफ़ियां दरअसल प्रेम के न मिटने वाले शिलालेख होते हैं। मैंने भी वैसी बेवकूफ़ी की है।'

वह कभी उससे कुछ नहीं कहती थी, इस तरह तो कभी नहीं। यह उसका तरीक़ा नहीं था। वह बहुत विटी थी। बड़ी-से-बड़ी बात को मज़ेदार तरीक़े से कहने में माहिर। इस तरह शिकायती होना उसे स्वयं को उसके आगे निरीह कर रहा है, जो वह क़तई नापसंद करती रही है। वह तो अपनी बेवकूफ़ी भी उनसे बताकर हंसती थी। वह जितनी बार भी उनसे मिली थी, उस समय पहने अपने कपड़ों को वह बिना धोए अपनी अलमारी में सहेजकर रखती है और जब-जब उसकी याद आती, उनमें से कोई कपड़ा निकालकर पहन लेती है। एक बार एक प्रसिद्ध धर्म-स्थान का कलावा उसने उसकी कलाई पर बांधा था और उसकी कलाई पर बंधे पुराने कलावे को खोलकर अपने पर्स में डाल लिया था।

उसने पूछा था, 'क्या करोगी इस धागे का?'

'तावीज़ बनवाकर पहन लूंगी।'

कुछ दिन बाद उसने मैसेज किया था, 'कलावा पहना है न?'

उसने रिप्लाई दिया, 'नहीं, उसका कलर छूटकर सारी शर्ट ख़राब हो रही थी इसलिए निकाल दिया।'

'ओह!' उसे भीतर कहीं दर्द का एहसास हुआ था। वह रेशम का कलावा था। लोग बरसों उसे पहने रहते थे। आसानी से गांठ भी नहीं बंधती थी उसमें। रेशम

खुल जाता था। जिस मंदिर से वह उस धागे को लाई थी, वहां उसे बांधकर गांठ में दो बूंद फ़ेवीक्विक जैसी चीज़ टपकाकर हमेशा के लिए उसे अटूट बना दिया जाता था। वह भी छोटी कैंची और फ़ेवीक्विक पर्स में रखकर ले गई थी धागे के साथ। और उसने...? उसे यह सब याद आया था। वह आहत थी। फिर भी उसने यही कहा कि वह उसे नई कमीज़ ला देगी। उसकी क़ीमती शर्ट के बर्बाद होने का उसे अफ़सोस है कि वह उस शर्ट की क़ीमत अदा कर देगी।

फिर उन्हीं उदास दिनों में वह ब्लंडर हो गया और फिर बहुत दिनों के लिए उनके बीच सारे संवाद बंद हो गए। फिर यह वायरस, इससे जूझती मानवता। वह रातों को सो नहीं पाती, जब कभी सोच में किसी दिहाड़ी मज़दूर का परिवार आ जाता। सड़कों पर चलते प्रवासी मज़दूरों को उसने अपने साथियों के साथ मिलकर खाना-पानी मुहैया कराया। इसी बीच पिता बीमार हुए। उन्हें लेकर चिंता। कितनी बार लम्बी ड्राइव करके वह पिता को शहर के हॉस्पिटल लाई। पूरा परिवार परेशान हुआ। उसके पति को कोरोना हुआ। राहत की बात थी कि वह ठीक भी हो गए। पर सब इतने भाग्यशाली नहीं थे। कुछ युवा साथी इस वायरस की भेंट चढ़ गए। वह आजकल मृत्यु के विषय में सोचने लगी थी। मनोबल बनाए रखना कठिन, जब चारों ओर मृत्यु तांडव कर रही हो। प्रकृति अपने को स्वतः रिवाइव कर रही थी। आश्चर्य था, जीवन कितनी संक्षिप्त चीज़ों में चल सकता है, इस वायरस ने समझा दिया था। अप्रैल-मई में चिड़ियों की चहचहाहट, साफ़ आसमान और सूदूर स्थित पहाड़ भी लोगों को अपने शहरों से दिखने लग पड़े थे। गर्मी का प्रकोप कम था। पर अब नवम्बर आते-आते दुनिया फिर उसी पुराने ढर्रे पर चल पड़ी थी।

चिंता और अवसाद के उन पलों में वह बड़ी शिद्दत से उसके फ़ोन कॉल का इंतज़ार करती रही। अपने हालात एक-दूसरे को जता देना, इससे ज़्यादा और क्या चाहना थी। अवसाद ने उसे भी बीमार कर दिया था। कोई अनजाना-सा भय हर वक़्त पसलियों में धड़कता था और सामने बैठा यह व्यक्ति, जो उससे प्यार करता था, ऐसा उसी ने उससे कहा था और उसने बस इतना किया था कि उस कहे पर विश्वास कर लिया था। वह व्यक्ति पूरे समय एक निर्दयी चुप्पी ओढ़े रहा।

कुमुद ने यह सब समर से नहीं कहा। नहीं कहा कि कितनी-कितनी ज़रूरत थी उसे उसके एक परवाह भरे फ़ोन कॉल की। इस एहसास की कि वह है हर पल उसके संग-साथ। अपनी अनुपस्थिति के साथ भी उपस्थित। क्या उसे पता भी है, वह कितना टूटी? और जो बची-खुची दिख रही है, अब वही कुमुद नहीं रह गई।

हाँ, यह सच था। कुमुद अब वैसी नहीं बची थी और उसका यह जेस्चर उन्हें असहज कर रहा है। वह उसे रोकना चाहता है। कुछ कहना चाहता है, पर वह हाथ के इशारे से उसे मना कर बोलना जारी रखती है।

'नहीं स... मुझे रोकिए नहीं कहने से...' वह उसे उसके पूरे नाम से नहीं पुकारती, सिर्फ 'स' कहती है। उसने सोचा था, नाम को छोटा करके कहने का यह उसका अपना ढंग है, पर उसने दूसरी वजह बताई थी, 'मेरी अम्मा की गांव में एक सहेली थीं, उर्मिला मौसी। अम्मा और मौसी बचपन में अपनी कुछ चीज़ों की अदला-बदली करके सखी बनी थीं। सखी लोग एक-दूसरे का नाम नहीं लेतीं, सखी कहती हैं। अम्मा और उनकी सखी ने एक दूसरे को कहने के लिए 'स' का चुनाव किया था। क्यूट है न! मैं तुम्हें 'स' कहूँगी, मेरे सखा ही तो हो न तुम।

'मुझे कहने दीजिए प्लीज़! बहुत हर्ट हुई हूँ पिछले दिनों। शायद मेरी मूर्खतापूर्ण अपेक्षा ने मुझे यह महसूस करवाना सुनिश्चित किया हो, पर सामान्य-सी दोस्ती, सामान्य-से जान-पहचानवालों से भी हमने इस मुश्किल समय में उनकी ख़ैरियत जानी, उन्हें अपनी ख़ैरियत की ख़बर दी। कितना छोटा-सा दो शब्दों का बेजान-सा मेल है – 'कैसी हो?' पर दो शब्द किसी के लिए लाइफ़ सेविंग मेडिसिन भी हो जाते हैं। मैने इन दो शब्दों का इंतज़ार महीनों किया, जिसे आप कैसे भी मुझ तक पहुंचा सकते थे, पर...' उसकी आवाज़ फंस रही थी। वह भरभराकर रो पड़ना चाह रही थी, पर जॉन एलिया ने चेहरे पर मुस्कान ला दी –

हैं दलीलें तेरे ख़िलाफ मगर
सोचता हूँ तेरी हिमायत में।

कभी इस तरह सोचूंगी, इस तरह ये बातें कहूंगी, सोचा नहीं था। आपके लिए किसी भी तरह की नकारात्मक बात सोचने से ख़ुद को बरजती रही। कितना आसान बना लिया था मैंने ख़ुद को आपके लिए। बहुत आसान-से लोग बेपरवाह हो जाते हैं, नहीं जानती थी। सब मेरे सामने था, पर मैं अंधी थी, जो देख नहीं पा रही थी। मार्च से इस महामारी का कहर बरपा है। इस बीच कितने निजी झंझावातों से जूझी हूँ। हर दिन एक मासूम-सी आशा का दीपक कंपकंपाता, शायद किसी अनजाने नम्बर से फ़ोन आ जाए और उधर से दुनिया में मेरी सबसे प्रिय आवाज़ में पूछा जाए – 'कैसी हो? सब ठीक तो है न? पर हर दिन आशा का वह कंपकंपाता दीप बुझ जाता।'

'क्या मैं समझ नहीं सकती थी कि आपको उन्हें कंविंस करने के लिए किस हद तक प्रयत्न करना पड़ रहा होगा? अपना घर बचाना आपके लिए कितना

ज़रूरी है, आपकी पत्नी किस मनोदशा से गुज़र रही होंगी, कितना हर्ट हुई होंगी, क्या मैं नहीं समझ रही थी? पर इन सब का इलाज क्या मुझसे रूड होकर हो जाता? बरसोबरस मैं चुप रहती, कोई राब्ता न रखती आपसे आपकी सहूलियत के लिए। एक बार कहते तो, बताते तो!'

'जब हम किसी संबंध को अपनी प्राथमिकता में रखते हैं, तो तर्कातीत होते हैं। इस संगदिल दुनिया के तमाम सितम सहते हुए भी बेतार के तार से जुड़े होते हैं आपस में। हमारे सोने-जागने, बोलने-चलने की दुनिया बेशक अलग हो, पर फिर भी हमारे भीतर कहीं एक हमारी अपनी दुनिया थी न, जो सिर्फ हमारी थी।'

'स! इतनी उदासीनता? जिनसे सामान्य-सा भी परिचय था, इस विकट समय में हमने उनका भी हाल जाना और मेरे लिए इतनी निष्ठरता कभी मन नहीं हुआ जानने का? कैसी हूँ मैं? जी रही हूँ या मर गई? परिवार में एक युवा की अकाल मौत के सदमे में मैं बीमार पड़ी। इस महामारी में हॉस्पिटल के चक्कर, टेस्ट और इन सबसे उपजा तनाव, हताशा... मेरे एक मात्र संबल थे आप। कितना जी चाहता था, आपको फ़ोन करूं, आपसे बातें करूं, अपने दुःख साझा करूं, पर आप तो थे ही नहीं। आप वह फिर नहीं थे, जिससे मुझे प्यार था, जिसकी हर बात मुझे पसंद थी। आप बदल चुके थे। मतलब मेरे लिए बदल चुके थे। मेरी बदनसीबी देखें, फिर भी मुझे प्रेम है आपसे, पर उससे भी बड़ी बदनसीबी है कि मैं अब आपको पसंद नहीं करती। नापसंदगी के बावजूद प्रेम का होना शाप जैसे ही ढोना है मुझे। मुझे इस तरह क्षत-विक्षत करने के लिए आए थे आप? आख़िर मैंने ऐसा क्या चाहा था आपसे? शायद कुछ न चाहना ही अपराध बन गया। मुझे अपनी क़ीमत तय करनी नहीं आई। आपके साथ होने के लिए आपसे विनिमय करना था। कुछ क़ीमत चुकाते मेरे लिए, तो शायद क़ीमत समझते। उफ़! इतनी सस्ती क्यों हो गई मैं?'

'जिस दिन से मैं तुम्हारे प्रेम में हुई, उस दिन से तुम हर पल मेरे साथ थे। मैंने स्वयं को क्षण मात्र के लिए भी तुमसे विलग नहीं पाया। मैं अपने भीतर कहीं यह सच जानती थी कि मेरे जीवन में तुम्हारी मौजूदगी एक भ्रम है। फिर भी मैं इस भ्रम को बचाए हुए थी। अपने दिमाग़ को डांटती थी। दिल पर विश्वास था। स्वयं पर सबसे ज़्यादा विश्वास था। तुमसे कुछ भी दुनियावी न चाहने की अपनी नीयत पर विश्वास था। पर सब ख़त्म कर दिया आपने। लव ऑल्सो हैज़ सम एथिक्स 'स...'!

आपसे यह आशा नहीं थी। बहुत निराश किया आपने। अपने सारे कहे-सुने से हम भले पीठ फेर लें, पर ध्वनियां तो दिग-दिगंतर तक ब्रह्मांड में गूंजती रहती हैं। आप भूल गए हो सकते हैं अपनी सारी कही बातों को, पर मेरे कान, जिन्होंने

उन सारे शब्दों को सुना, मिट जाएंगे ये भी काल के चक्र में खोकर। हम दोनों ही नहीं रहनेवाले हमेशा के लिए इस दुनिया में, पर हमारा कहा-सुना रहेगा अनंत तक अंतरिक्ष में।'

'आपकी पत्नी को मैं नहीं जानती, पर आज उनके निर्णय को जानकर उनके लिए मन में बहुत सम्मान महसूस हो रहा। अगर वह सचमुच अपने निर्णय पर अडिग हैं, तो वह निश्चित ही बेहद ताक़तवर औरत हैं। झूठे रिश्ते को किसी भी भुलावे में पड़कर ढोते रहना उन्हें बहुत से प्रिविलेज देता। सारे विशेषाधिकार, सुविधाएं त्यागना, बहुत से प्रश्नों से भरे बहुत अपने चेहरों का सामना करने के लिए ख़ुद को तैयार करना आसान नहीं है। आसान तो होता है मुखौटों के साथ जीते रहना। मुझे अपने भीतर भी ऐसी ही ताक़त चाहिए।'

उसका गला सूखने लगा था। अपने बैग से बोतल निकालकर कुछ घूंट पानी उसने गले में उतारा, समर से इशारे में पूछते हुए बोतल उसकी तरफ़ बढ़ाया। समर ने बोतल लेकर गटागट उसे आधा ख़ाली कर दिया। उसने महसूस किया, भले लगातार वह बोल रही थी, पर गला समर का सूखा हुआ था।

'वैसे आप चिंता मत करिए। वह अभी गुस्सा हैं। शायद यह गुस्सा लम्बा खिंच जाए, पर वह आपको छोड़ेंगी नहीं, यह तय मानिए। आप दोनों से आप दोनों को जो प्रिविलेज मिलता है, उसे आप दोनों ही नहीं छोड़ सकते। जब प्रेम यह काम नहीं कर सका, तो बाक़ी किसी की कोई औकात नहीं। थोड़ी मुश्किल मेरे लिए हो गई बस। मुझे अपने लिए यह दुआ करनी होगी कि आपको प्रेम करने की मेरी आदत छूट जाए। पता नहीं, यह कैसे मुमकिन होगा। मुझे अपने लिए यह भी दुआ करनी है कि मेरे भीतर फिर भी प्रेम बचा रहे बहुत सारा। प्रेम से ख़ाली हो जाना नहीं चाहूंगी कभी भी, हालांकि प्रेम ने मुझे ख़ाली कर दिया है। शायद कभी लौट आऊं, पर अभी जाना होगा। किसी ने क्या ख़ूब कहा है न – 'तेरे ही लिए आएंगे तेरे पास, किसी से बिछड़कर नहीं आएंगे।' ख़ैर, ख़ुश रहो... अलविदा।'

कहते हुए वह उठ गई। आंखें उसकी आंसुओं से भरी थीं और हलक हिचकियों से। आंसुओं को तो उसने बहने से नहीं रोका था, पर हिचकियों को भीतर ही घोंट लिया था। उठकर उसने मुंह पर मास्क लगाया, पर्स से निकालकर आंखों पर गॉगल रखा, सिर को दुपट्टे से कवर किया और चलने के लिए तैयार हो गई। क्षण भर ठिठकी, मास्क के भीतर होंठ हिले मानो अलविदा कह रही हो और मुड़कर चल दी। वो ठक बैठा उसे जाते हुए देखता रहा। उसके जीवन में वह वैसी ही रहती आएगी, जैसे अंग्रेज़ी के कुछ शब्दों में साइलेंट लेटर आते रहते हैं। साइकोलॉजी के 'पी' की तरह, नॉलेज के 'के' की तरह, ऑनर के 'एच' की तरह।

अपने जीवन में जिसे जीवन भर के लिए 'साइलेंट लेटर' की तरह बचाकर रख लेने की चाह थी, उसे इस तरह जाने कैसे दे रहा! उसे रोककर कहता क्यों नहीं, वह उसे अब भी उतना ही प्रेम करता है। उसके प्रति उसका प्यार झूठ नहीं था। प्रेम की परीक्षाएं क्यों देनी पड़ती है! वह क्यों नहीं कह पाया कि उसने जो नतीजे निकाले, ग़लत हैं? उसे रोकना था, वह रुक जाती। प्रेम ही क्यों जाता है जीवन से? प्रेम को ही क्यों जाना पड़ता है? प्रेम का जाना ही क्यों सबकुछ बच जाने के लिए सबसे ज़रूरी है?

• • •

समर से मिलने के बाद वापस आकर कुमुद ने अपने को पूरी तरह घर में क़ैद कर लिया। लैपटॉप और मोबाइल भी कभी-कभी ही देखती। कोरोना से संबंधित ख़बरें आती रहती थीं। केस फिर बढ़ रहे थे। मुम्बई, सूरत, अहमदाबाद, पंजाब, दिल्ली कमाने गए गांववाले वापस लौट रहे थे। लोग आश्चर्य करते कि ये ट्रेन-बसों में भर-भरकर आनेवाले मज़दूरों को कोरोना छू भी नहीं रहा। किसी-किसी को हल्का-फुल्का सर्दी-जुकाम होकर ठीक हो जा रहा। लोग आपस में बात करते, बाबूसाहब लोगों को होनेवाली बीमारी है यह। सर्दी-गर्मी में हाड़-तोड़ मेहनत मज़दूरी करनेवालों के पसीने में सारा वायरस बह जाता है।

गांव छोड़कर आस-पास के शहरों में घरेलू कामों को करके गुज़ारा करने गईं बहुत-सी औरतें भी गांव लौट आई थीं। ये वो औरतें थीं, जिनके पति उन्हें गांव में छोड़कर दिल्ली, मुम्बई, कोलकाता चले गए थे कमाने। कुछ दिन तो वे बहूगिरी करती हुई सास-ससुर की सेवा और घर-आंगन का तोड़ा करती रहीं, पर बाहर खेतों में भी काम करने जाना होता। मज़दूरी सास-ससुर रख लेते। आदमी जो कमाकर भेजता, वह भी उन्हीं लोगों के अंटी में रहता। इनके हाथ में धेला न आता। वक़्त-ज़रूरत हाथ ख़ाली रहते। कभी मुंह खोलकर मांगने पर चार बात सुनाकर दस-बीस हाथ में थमा दिया जाता। इसी तरह साल गुज़रते और ये दो-तीन बच्चों की मां बन जातीं। बच्चों के साथ सौ ज़रूरतें भी बढ़तीं, घर-बाहर का काम भी बढ़ता, चिड़चिड़ाहट और हताशा भी बढ़ती। सास-बहू में तू-तू, मैं-मैं शुरू होती और वीभत्स तरीक़े से ख़त्म होती। पति से रोना-गाना शुरू होता। अपने साथ ले चलने का मनुहार होता। पति ले चलेंगे, ले चलेंगे कहकर अपनी छुट्टियां बिता वापस चला जाता। अब जो करना था, ख़ुद ही करना था। निर्णय-अनिर्णय की स्थिति में बच्चे निर्णय लेने की वजह बन गए। इन्हें तो यहां एकदम ही नहीं रखना। भले मुफ़्त का स्कूल हो, खाना मिलता हो। कैसा खाना मिलता है,

कैसे मास्टर हैं, सब देखा है उन्होंने। बाप विदेश में हाड़ तोड़ रहा और महतारी यहां घर भर का तोड़ा कर रहीं और बच्चे टूअर जैसे तरसें हर चीज़ के लिए। दो रूपए की टॉफ़ी खिलाने के लिए भी सोचना पड़े, तो कमाने का क्या फ़ायदा? दाल-रोटी तो कहीं भी मिल जाएगी। सरकार एक रुपए किलो गेहूं, दो रुपए किलो चावल दे रही है, तो पेट भर ही जाएगा। इसका क्या मतलब कि जीवन यही भर है?

इन्हीं में से एक थी बुटान भी। वह भी तो बस एक दिन फ़ैसला लेकर ऑटो में अपना कपड़ा-लत्ता, दो-चार ठो बर्तन और कथरी-गुदड़ी भर के शहर आ गई। मौसेरी बहन जहां रहती थी, वहीं उसके लिए भी कमरा ठीक कर दिया था। बच्चों का नाम भी पास के स्कूल में लिखा दिया था। अब जब पत्नी-बच्चे गांव छोड़ गए थे, तो आदमी वहां किसके लिए पैसा भेजता। अबकी आया, तो देख गया, बच्चे यहां ज़्यादा ठीक से रहकर पढ़ रहे। बीवी भी हरिया गई है। सब ठीक चल रहा था। उसने भी दो-तीन घर काम पकड़ लिया था। पति का पैसा अब पता चल रहा था। हज़ार रुपए की आरडी खोल ली थी। सोने की एक लॉकिट लेकर काले मोती में गुंथवा ली थी। पहले किसी को पहने देख कितना तरसती थी, 'पता नहीं ए जनम में सोना पहनना नसीब में बदा है कि नहीं।' उसके पहचान की सब औरतें जिनके मर्द बाहर कमाते थे और वे गांव छोड़कर पास के शहर में रहने लगी थीं, जब भी गांव आतीं, कभी नया पायल, कभी चांदी की सीकड़ दिखातीं और बड़े गर्व से बोलतीं, 'हम अपनी कमाई से ख़रीदे हैं।'

कभी कोई बताती, 'हम तो बॉक्सवाला डबल बेड लिए हैं। हमारी मैडमजी नया बेड ले रही थीं, तो पुराना वाला हम ले लिए। तनख़्वाह में से कटवा देंगे।' ऐसे कोई सोफ़ा लेता, कोई अलमारी। कभी किसी सामान का पैसा देना पड़ता, कभी कोई दरियादिल मालिक ऐसे ही दे देते। पुराना फ्रिज, पुराना टीवी पूरी गृहस्थी ऐसे ही बन जाता उनका। यही सब देख सुनकर तो वह आई थी शहर। सचमुच सब अच्छा ही था। मन का जीवन। जो चाहे खाओ, जो चाहे पहनो। जहां मन करे जाओ। जहां मन करे, खड़े-खड़े मुहल्ले की औरतों से बतकही करो। कोई पूछने-बोलनेवाला नहीं।

पर यह महामारी जाने कहां से आ गई। सब बिगड़ गया। कैसा तो हाहाकार मचा था। सड़कें सूनी पड़ीं। कोई किसी के पास खड़ा नहीं होता। बाहर से मोबाइल में कैसी-कैसी ख़बरें। लोग पैदल ही अपने गांव-घर की ओर चल पड़े थे। कैसे भी बस घर पहुंच जाएं अपने लोगों के पास। चार रोटी की भूख होगी, तो दो रोटी पानी से निगल लेंगे, पर यहां परदेश में कीड़े-मकौड़ों की तरह नहीं मरेंगे। कुछ दिन बाद सरकार ने बंद पड़ी कुछ ट्रेनों को चला दिया लोगों को घर

पहुंचाने के लिए। उन्हीं में से किसी ट्रेन में चढ़कर अपने गांव के बहुत से लोगों की तरह एक दिन उसका पति भी लौट आया। रेलवे स्टेशनों पर बसें लगी थीं। उन्हीं बसों में भरकर लोग अपने गांव जा रहे थे। उसका पति सीधे गांव न जाकर उसके पास आ गया। उसके काम भी छूट गए थे। बीमारी के डर से कामवालियों को लोगो ने घर बुलाना बंद कर दिया था। इतनी भलमनसाहत थी कि पैसे नहीं काट रही थीं। पंद्रह-पच्चीस दिन भले न काटें पगार, पर कब तक नहीं काटेंगी! उसके मुहल्ले में अफरा-तफरी मची हुई है। सभी अपने गांव-घर पहुंच जाना चाहते थे। पति भी उसके पीछे पड़ गया, 'चलो गांव। स्कूल भी बंद है। कब तक सब कुछ सही होगा, किसी को नहीं पता। यह लॉकडाउन कब तक चलेगा, कौन जाने। जाने कैसी बीमारी है, राह चलते दबोच ले रही। हर वक़्त मुंह ढके रहो, हाथ धोते रहो। लड़के एक कोठरी में बंद अउंजा रहे हैं। वहां गांव में कम-से-कम इधर-उधर घूम तो पाएंगे।'

इधर मौसी रोक रही थी, 'मत जाओ गांव। यहीं रहो। कैसे भी बीत जाएगा यह समय।' पर वह घबराकर चली आई थी। फिर उसी जंजाल में, जहां से उकताकर चली गई थी।

कुछ दिन जीवन डरकर बीता। डर जीवन की और बहुत-सी समस्याओं को पीछे छोड़ देता है। जब पूरा कुनबा, पूरा समुदाय, पूरा गांव, पूरा शहर, पूरा देश एक ही डर में जी रहा हो, तो डर जीवन के केंद्र में आ जाता है। डरा हुआ व्यक्ति अपने ही खोल में सिमटा हुआ सहमा-सा बीतते वक़्त में बचे हुए स्वयं के अस्तित्व के प्रति भी एक संदेह से भरा होता है। दुनियावी धसर-पसर से इस समय सारी दुनिया ही कटी हुई धड़कते दिल से बस बीत रहे समय को देख रही।

दिन बीतते गए। सामान्य-से लगने लगे। सड़कों पर आवाजाही शुरू हुई। पहले निजी वाहन, फिर सार्वजनिक वाहनों का आवागमन शुरू हुआ। मानव स्वभाव है कि वह बड़ी-से-बड़ी विपदा, बड़ा-से-बड़ा दुख भी भूल जाता है। फिर भले बीता हुआ कठिन समय एक दुःस्वप्न की तरह आकर कभी अनमना कर दे, पर वे बीते हुए कठिन दिन न कोई सबक देते हैं, न जीवन जीने के ढर्रे में कोई बदलाव लाते हैं। थोड़ा-सा सामान्य होते ही संसार फिर अपनी गति से चलने लगा। जो रेलें लोगों को घर लाई थीं, वही उन्हें वापस पहुंचाने लगीं।

बुटान का पति वापस नहीं गया। घर के पास ही नया बना बाईपास था। वहीं एक टपरी डाल ली। समूह से बुटान ने ही पच्चीस हज़ार का लोन लिया था। बिस्कुट, मैगी, पान मसाला, साथ में चाय-समोसा। पति को पीने की लत लग गई। दुकान की कमाई से कुछ नहीं बचता था। बुटान अक्सर कुमुद के पास आकर

रोती, 'दीदी, कभी यह ऊंचा नहीं बोलते थे। अब गाली-मार सब करते हैं। महतारी भड़काती है। बच्चे इधर-उधर घूम रहे। कहती हूं, अब तो कोरोना-फोरोना चला गया। अब तो लौट जाए अपने काम पर। लेकिन सुनता ही नहीं।'

बुटान जैसी ढेरों हैं। शहर में, क़स्बों में, गांव में। जाने कितने बच्चे दो-तीन साल स्कूल का मुंह नहीं देख पाए। हर गली, हर मुहल्ले में हर चार क़दम पर दो-तीन कमरों में इंग्लिश मीडियम स्कूल खुले हैं। कामगार वर्ग भी अपने बच्चों को सरकारी स्कूल में पढ़ाने की जगह इंग्लिश मीडियम में पढ़ाना चाहता है। कुमुद तो समझा-समझाकर थक जाती थी कि अंग्रेज़ी के मोह में ये बच्चे सामान्य जानकारी से भी हाथ धो बैठते हैं। जब भाषा ही नहीं समझ पा रहे, तो किताब में लिखा क्या है, कैसे समझेंगे और जब समझेंगे ही नहीं, तो जानेंगे क्या। पर अंग्रेज़ी का मोह तो छूटता ही नहीं इन लोगों से। अंग्रेज़ी स्कूलों में पढ़कर ही बच्चे कुछ बन पाएंगे, यह बात इनके भीतर गहरे पैठ गई है। तिस पर लॉकडाउन ने इनके बच्चों की हालत और ख़राब कर दी थी। कुछ स्कूलों में ऑनलाइन क्लास लगनी शुरू हुई। पर यह सुविधा बड़े और प्रतिष्ठित स्कूलों में थी। गली-गली खुले स्कूल तो पूरी तरह बंद थे। बच्चों की पढ़ाई शून्य थी। पूरी फ़ीस ली जा रही थी और बच्चे बिना कुछ पढ़े अगली कक्षाओं में पहुंच रहे थे।

बुटान पति को बम्बई जाने को कहती। चाय-समोसे की टपरी से कुछ नहीं होता था। दुकान का आधा समान तो घर में खप जाता था। घर में चीनी, चायपत्ती घटती, तो फटाक से बच्चों को दुकान दौड़ा दिया जाता था। बुटान कुछ कह देती, तो क्लेश होता। कुमुद के देखते-ही-देखते बुटान सूखकर रह गई थी। चेहरे की रौनक, शरीर का मांस, सब ग़ायब हो गया था। कैसी गोल-मटोल-सी थी। बुटान अक्सर अपना रोना रोने उसके पास ही आती। रुपए-पैसे, कपड़े, अनाज जैसे हो पाता, कुमुद उसकी मदद करती। बुटान भी कर्ज़ न रखती। कुछ-न-कुछ करके लिए हुए की भारपाई करने की कोशिश करती। कभी मालिश कर दी, तो कभी गल्ला फटक बीनकर सरिया दिया। पति गाहे-बगाहे हाथ भी उठा देता। रोते हुए कहती, 'परदेश में था, तो कितनी कदर करे था। अपने घर में आते ही निकम्मा आदमी भी शेर बन जाता है। यहां महतारी के आगे बीबी पर ताव दिखाने से इज़्ज़त बढ़ती है उसकी। ऊ समझता क्या है अपने को? यही हाल रहा, तो हम ओकरा के छोड़ के शहर चले जाएंगे। बइठे अपनी महतारी के गोद में।'

कुमुद उसे ढांढस बंधाती। एक दिन उसने सुना, बुटान अपने पति से लड़-झगड़कर अपना सामान और बच्चों को लेकर शहर चली गई है।

'चलो कुछ निर्णय तो लिया उसने। सही है या ग़लत, यह तो बाद की बात है।' कुमुद आश्वस्त थी, बुट्टान जैसी स्त्रियां जीवटवाली होती हैं। वह कुछ-न-कुछ करके अपना बेड़ा पार लगा ही लेगी।

· · ·

इस कहानी का एक प्रमुख पात्र थी, गुड्डो, जो कहानी के बीच में अचानक प्रकट होती है और अपनी जीवंतता से कहानी के एक हिस्से को रौशन कर लुप्त हो जाती है। राजीव कुमार जीवन के एक संक्षिप्त-से वक़्फ़े में उससे जुड़ते हैं, फिर अपनी प्रिविलेज्ड दुनिया में रमकर उसे भूल जाते हैं। भूलना शब्द शायद ज़्यादा कठोर शब्द है। व्यक्ति किसी की याद में तो होता है, पर बहुत पीछे कहीं उसकी जगह चली जाती है। गैरज़रूरी, अप्रासंगिक हो जाता है। गुड्डो के प्रति प्रेम की पावन भावना से वशीभूत होने के बावजूद राजीव में प्रेम के लिए लड़ी जानेवाली लड़ाई का साहस नहीं था। उसे भली-भाँति पता था, उसका यह प्रेम किसी को मान्य नहीं होगा। प्रेम को उसने एक अनुभव माना, पूरा जीवन नहीं।

जीवन बहुत तेज़ी से बीतता गया और इस बीतते जीवन ने उन्हें हर तरह से भरा। प्रोफ़ेशनल और घरेलू, हर जगह वह समृद्ध हुए। जीवन को लेकर बनाई हुई उनकी योजनाएं फलीभूत हुईं। ईश्वर ने उनके परिवार पर अपनी सहृदयता बनाये रखी थी। जो छोटे-मोटे व्यवधान आए भी, तो उन्होंने क्षणिक परेशान करके जीवन के इस स्वाद को भी चखा दिया। पत्नी सही मायनों में जीवनसंगिनी थीं। उनकी अपार वयस्तता के समय पत्नी ने घर और बच्चों के प्रति अपना दायित्व बिना शिकायत के पूरी निष्ठा से निभाया।

इतनी सारी आपा-धापी से भरा जीवन एक दिन ख़त्म हो शून्य में विलीन हो जाता है, पर अचानक आई इस महामारी ने जिस तरह सबका जीवन बदल डाला है और स्वयं के आत्मसंधान हेतु प्रेरित किया है, यह अद्भुत है। जैसे फुल स्पीड से चलती गाड़ी में अचानक ब्रेक लग गया हो और अब पता न हो, आगे जीवन कौन-सा रूप लेनेवाला है। डर और आशंका जीवन के स्थायी भाव बन गए हैं। सड़कों पर अपने गांव-घर जाने के लिए बिलबिलाती भीड़ दिन का चैन और रातों की नींद छीन ले रहे। सुविधासम्पन्न वर्ग इस भीड़ को हिकारत से देखता है, ये सब सरकार को बदनाम करने की साजिशें हैं। फ़ोन पर यूपी, बिहार, दिल्ली के परिजन वहां सरकारों द्वारा की गई बढ़िया व्यवस्था के क़सीदे पढ़ते हैं। सारा मीडिया सरकार के ख़रीदे कॉर्पोरेट जैसा व्यवहार कर रहा। न्याय और समानता की बात करनेवाले हिकारत से देखे जाते। ख़ास कम्युनिटी को देश की हर दुर्दशा

का ज़िम्मेदार माना जाता। यहां तक कि देश में कोरोना फैलने का ज़िम्मेदार भी वही माने गए।

एकदम से दुनिया का मिज़ाज बदल गया था। राजीव को याद आ रहा था, शायद 2019 के नवम्बर माह में कभी शायद फ़ेसबुक या वॉट्सऐप पर एक वीडियो देखा था चीन के वुहान शहर का। सरसरी तौर पर ही देखा था उस वीडियो को, जिसमें एक शहर है, जिसकी बहुमंज़िली इमारतों में लोग बंद हैं। सड़के सुनसान हैं। इमारतों के बंद दरवाज़ों-खिड़कियों से भीतर के लोगों की छटपटाहट और भड़भड़ाहट दिख रही। यह चीन का वुहान शहर था, जहां कोरोना वायरस का कहर टूट पड़ा था। वीडियो देखकर उसकी रीढ़ की हड्डी में एक ठंडी लहर दौड़ गई थी, पर यह क्षणिक थी, जैसे 'शिंडलर्स लिस्ट' फ़िल्म में यहूदियों को गैस चैम्बर में डालकर मारने के दृश्य से और 'जुरासिक पार्क' फ़िल्म में डायनासोरों के उत्पात याकि '2012' फ़िल्म में दुनिया के ख़त्म होने के दृश्यों को देखकर जैसी दहशत जगी थी। जब तक वे डरावने विज़ुअल्स दिमाग़ में रहे, एक डरावना एहसास बना रहा, पर वे रहे कितनी देर! कुछ घंटे, आधा दिन या पूरा एक दिन, हद-से-हद दो दिन। फिर रोज़मर्रा के काम-काज में कुछ याद नहीं रहता।

तब वह वीडियो देखकर कहां ऐसा लगा था कि आनेवाले दिनों में यह पूरी दुनिया का सच होगा। धीरे-धीरे कोरोना नाम के दानव ने पूरी दुनिया को अपने चंगुल में ले लिया था। उच्च वर्ग और मध्य वर्ग कुछ दिन तो इस आपदा में परेशान रहा। जिसके बच्चे बाहर, देश, शहरों में पढ़ रहे थे या नौकरी कर रहे थे, उनके लिए वे चिंतित थे। कुछ बच्चे होली में घर आ गए, तो फिर वापस ही नहीं गए। सरकारी कर्मचारियों को तनख़्वाह मिल रही थी। प्राइवेट नौकरीवाले बहुत से लोगों की नौकरियां चली गई थीं। बहुत से लोग कर्ज़ में डूबे थे। अख़बार और न्यूज़ चैनलों पर विस्थापितों की ख़बरें देखकर मन काटने लगता। तभी सुविधासम्पन्न लोग इस आपदा को अवसर में बदलने की जुगत करते हुए परिवार के साथ शानदार समय बिताने की तस्वीरें सोशल मीडिया पर डाल रहे थे। नाना प्रकार के व्यंजन अपने किचन में ट्राई करके उसकी फ़ोटो लगा रहे थे। हाउसहेल्पर के न आने से घर के काम शुरू के कुछ दिनों में तो बड़े उत्साह से किए गए। मध्यवर्गीय परिवारों से लेकर सेलीब्रिटी तक घर साफ़ करने की तस्वीरें सोशल मीडिया पर अपलोड कर रहे थे। पर कुछ दिनों बाद ही गृहणियों की सांसें फूलने लगीं।

पुलिस और मेडिकल विभाग के कर्मचारियों को कोरोना के वॉलंटियर्स मानकर उन पर फूलों की वर्षा करवाने जैसा प्रहसन भी रचा जा रहा था। जब

भी किसी पुलिसकर्मी या डॉक्टर के इन्फ़ेक्टेड होने या मृत्यु की ख़बर आती, मन दहशत से भर जाता। कुछ लोग रैडिकल होकर भी सोचते। पिछले पचास वर्षों में वैसे तो हर क्षेत्र में नैतिकता का ह्रास हुआ है, पर पुलिस और मेडिकल में टुच्चेपन की हद तक यह पहुंच चुका है। लोग कहते सुने गए कि ईश्वर की लाठी पड़ती ज़रूर है, कभी-न-कभी। बहुत से लोग आत्ममंथन से गुज़रे, तो वहीं अचानक से दुनिया में हुए आमूलचूल परिवर्तन ने बहुत से लोगों को अवसाद में धकेल दिया। आए दिन आत्महत्याओं की ख़बरें सुर्खियां बनने लगीं। कोई संभावनाशील युवा, कोई प्राइवेट जॉब से निकाला गया अधेड़, जिस पर ढेरों पारिवारिक ज़िम्मेदारियां और उन्हें निभाने के लिए लोन की भारी किश्तें हैं।

सुजाता की कसमसाहट राजीव देख रहे थे। उसके भीतर का डॉक्टर बेचैन था। एक-दो बार उसने दबी जुबान से यहीं कोई हॉस्पिटल ज्वॉइन करने की बात कही, पर घर में एक बच्चा है और एक बुजुर्ग भी। यह ख़तरा लेना ठीक नहीं होगा। रोज़ ही किसी-न-किसी डॉक्टर के मरने की ख़बर आ रही थी। बहुत ही विकट समय है यह।

यह 2020 के सितम्बर का महीना है। सारे एहतियातों के बावजूद वह कोरोना से बच नहीं पाए थे। गले में खराश और हल्के बुखार ने पहले तो वायरल का ही भ्रम दिया। हर साल तो इन दिनों में एक बार वायरल की चपेट में वह आते ही थे। पर इस साल किसी को मामूली सर्दी-खाँसी भी महामारी का आगमन लग रही थी और चेकअप कराने पर वाक़ई रिपोर्ट पॉज़िटिव ही आ रही। उनकी भी रिपोर्ट पॉज़िटिव आई थी। इस समय घर में सभी थे। दोनों बेटे, बहू, पोता, मम्मी। फ़ोर बीएचके भी छोटा ही पड़ रहा था। एहतियातन वह होटल में शिफ़्ट हो गए थे। जीवन में पहली बार ऐसा एकांत, इतना ख़ालीपन उनके हिस्से आया था। पहले भी प्रोफ़ेशनल वजहों से वह लम्बे समय के लिए घर से बाहर दूसरे शहरों, कभी दूसरे देशों तक की यात्राएं करते रहते थे। होटलों में रहते थे कई-कई दिनों तक, पर तब तो काम का प्रेशर होता था। दिन भर की व्यस्तता से थका हुआ शरीर और मन बिस्तर पर लेटते ही नींद में खो जाता था।

पर अब वह ख़ाली थे। उनका लैपटॉप ज़रूर उनके साथ था, पर सिर्फ सबऑर्डिनेट्स को निर्देश देने के इतर वह ऑफ़िस से संबंधित कोई काम नहीं कर रहे थे। वेब सीरीज़ देखकर उकता चुके थे। कुछ क्लासिक फ़िल्में भी देख डाली थीं। पिछले कई वर्षों की सुपरहिट फ़िल्में उन्होंने नहीं देखी थीं, एक-एक कर उन्हें भी देख लिया। मोबाइल पर वीडियो कॉल के द्वारा वह परिवार-दोस्तों

के संपर्क में थे। फ़ैमिली डॉक्टर से भी लगातार बात होती थी। बुखार और सर्दी-खाँसी के अलावा उन्हें कोई दिक़्क़त भी नहीं थी।

पर जाने क्यों ऐसा हुआ था कि पहले दिन ही होटल के कमरे के बिस्तर पर रात को आंखें बंद करते ही सामने गुड्डो का चेहरा आ गया। जैसे कोई बिजली-सी कौंधी हो अचानक और फिर ग़ायब हो गई हो। फिर तो हर रात बिस्तर पर जाते ही उन्हें गुड्डो का ख़याल आ जाता।

उनका मन अजीब-सा होने लगा था, 'अब कहां होगी वह, कैसी होगी? ओह...'

गुड्डो का ख़याल उन्हें दिन में भी चैन न लेने देता। मान लो, इस बीमारी में वह मर गया तो? एकाएक जीवन में सब किया-धरा उन्हें निःसार लगने लगा। वर्तमान जीवन से उन्हें कोई शिकायत नहीं थी। भरा-पूरा जीवन था उनका। लोगों के लिए ईर्ष्या का कारण हो सकता था उनका यह जीवन। इस धरती पर कुछेक प्रतिशत मनुष्यों को ही इस तरह का जीवन जीने को मिलता था। किन्हीं पूर्व जन्मों के अच्छे कर्मों के फलस्वरूप अथवा ईश्वर की प्रिय आत्मा होने के फलस्वरूप उन्हें यह शानदार जीवन नसीब हुआ था। अपनी इस ख़ुशक़िस्मती के लिए वह ईश्वर के प्रति अनुगृहीत थे। पूजा-पाठ, मंदिरों में जाना और ईश्वर का धन्यवाद करना उन्हें याद रहता था। मुम्बई से शिरडी साईं नाथ के दरबार में वर्ष में एक-दो बार वह हो ही आते थे।

लॉकडाउन ने या फिर गुड्डो की याद ने या फिर दोनों के मिले-जुले इफ़ेक्ट ने उन्हें बेटे, उसकी पत्नी और सौतेले बेटे के प्रति बहुत उदार बना दिया था। बाबू के साथ खेलना उन्हें अच्छा लगता। एक दिन बाबू ने तोतले शब्दों में पूछा था, 'मैं आपको क्या कहूँ?'

उसके मासूम चेहरे को देख उनका अपना चेहरा भी खिल गया था।

'बब्बा जी कहो। मैं तुम्हारा बब्बा ही तो हूँ।'

'नहीं, मेरे बब्बा तो मेरे पापा के पापा थे न। आप तो अंकल के पापा हो न!'

वह सोच में पड़ गए थोड़ी देर के लिए। उन्हें पता था, उनकी बातचीत घर के प्रत्येक सदस्य तक जा रही। माँ और उनकी पत्नी सुमेधा तो यहीं हॉल में बैठी हैं। पर अरुज और सुजाता के कान भी इधर ही हैं। अरुज तो इधर ही आ रहा।

उन्होंने बाबू को गोद में बिठाकर उसके गालों को चूम लिया, 'सुनो बाबू तुम्हारे अरुज अंकल ने तुम्हारी मम्मी से शादी कर ली है और मम्मी जिससे शादी करती है, वह पापा बन जाता है। तुम्हें अरुज अंकल कैसे लगते हैं?'

'बहुत अच्छे...' बाबू ने स्वर को ख़ूब खींच कर कहा।

'तो उन्हें पापा बना लो।'

'और मैं तुम्हारे अच्छे पापा का पापा और तुम्हारा दद्!'

बाबू ताली बजाकर हंसने लगा। तुरंत उनकी गोद से उतरकर अरुज की ओर दौड़ा। अरुज ने उसे लपककर गोद में उठा लिया।

'आपको मैं पापा कहूं?'

'हाँ, मैं तुम्हारा पापा ही हूँ।' अरुज ने कृतज्ञता से अपने पिता की ओर देखा और बाबू को सीने से चिपका लिया। सुजाता अपने को रोक नहीं पाई। उसकी आंखें बरस रही थीं। वह दौड़कर आई और राजीव के घुटनों पर सिर रख दिया। सुमेधा भी उठकर आ गई। उसके सिर पर हाथ फेरने लगी। कितने दिनों का अवसाद इन खारे आंसुओं से धुल गया था। उस दिन राजीव जब सोने गए, तो बिस्तर पर लेटे हुए नींद आने तक एक ही ख़याल उनके मन में था, 'निर्मल प्रेम से भरा हुआ मन एक अनोखी आभा से दृष्टि को भर देता है और बहुत सी चीज़ों को कॉम्प्लिकेट होने से बचा लेता है। मामूलीपने से जीवन को प्रेम ही विशिष्ट बनाता है। प्रेम की आभा अंधे भी देख लेते हैं।'

अभी होटल के कमरे में अपने एकांत में उन्हें बहुत-सी बातें याद आ रही हैं। उन्हें अपनी युवावस्था याद आ रही। गुड्डो याद आ रही। गांव याद आ रहा। बड़का बाबूजी और बड़की अम्मा याद आ रहीं। दोनों भाइयों पर उनका लुटाया हुआ स्नेह याद आ रहा। पूनम, नीलम याद आ रहीं। फ़ैमिली के वॉट्सऐप ग्रुप में हैं दोनों, पर सक्रिय नहीं। उन्होंने भी तो कोई ख़ास राब्ता नहीं रखा।

छोटी की शादी में कितनी परेशानी हुई थी अम्मा को। बाबूजी के अचानक देहांत होने से वह परिवार छिन्न-भिन्न हो गया था। पापा को उस परिवार से कोई ख़ास लगाव रहा नहीं कभी। वे दोनों भाई अपनी पढ़ाई और करियर में ही व्यस्त रहे। नीलम के प्रति उनकी भी कोई ज़िम्मेदारी है, उन्होंने नहीं समझा। नीलम के विवाह का बीड़ा उसके जीजाजी ने उठाया। उसकी शादी के सात महीने बाद ही अम्मा चल बसीं।

तीनों बहनें अचानक अनाथ हो गईं। सबसे क़रीबी चाचा और राजीव, समर अम्मा के मरने पर भी नहीं पहुंच पाए। एक मुम्बई में और एक चेन्नई में था। पट्टीदारी के चचेरे भाई बब्बन ने अम्मा को आग दी। बहनें इतनी आहत थीं कि उन्होंने जायजाद की पॉवर ऑफ़ अटॉर्नी बब्बन के नाम कर दी। बाग-बग़ीचे, ज़मीनें, हवेली सब कुछ।

सोनम, पूनम और नीलम में सोनम की स्थिति सबसे अच्छी थी। उसकी शादी बाबा ने की थी, तो अपने अनुरूप ही स्टेट ढूंढ़ा था। पर पूनम और नीलम सामान्य घरों में गई थीं। पति सरकारी नौकरियों में थे। बहुत सालों तक चाचा के परिवार से उनका मन खट्टा रहा। क़ायदे से तो अपने पिता की संपत्ति पर लड़कियों का ही अधिकार था, पर न तो उनके पतियों को ससुराल की संपत्ति से कोई मोह था, न स्वयं उन्हें। अम्मा की मृत्यु के बाद तो उन्होंने बमुश्किल दो-एक बार गांव में पैर धरे। उनकी कंडीशनिंग ही ऐसी हुई थी कि विवाह के बाद मायके में उनका दख़ल सिर्फ मेहमान के रूप में ही अभीष्ट था। राजकुमारियों की तरह पली-बढ़ी वे लड़कियां अपने अधिकार पर दावा करते संकोच से सिमट जाती थीं। मायके में उन्हें सिर्फ मान चाहिए था और अपार संपत्ति का आकर्षण बब्बन जैसे पट्टीदारों से सहानुभूति का अभिनय करा रहा था।

इधर सगे चाचा भले प्रकट में भतीजियों के संपत्ति-संबधी निर्णयों से स्वयं को उदासीन दिखाते हों, पर अच्छी-ख़ासी संपत्ति का हाथ से निकलना उन्हें तिलमिला तो रहा ही था। पर आगे बढ़कर भतीजियों के सिर पर अपनापन का झूठा दिखावा कर सकने भी अक्षम थे वह। उनका जीवन सही-ग़लत, पाप-पुण्य की परिभाषा से परे था। देश के उम्दा राजसी स्कूल-कॉलेजों में शिक्षा पाई थी उन्होंने और अंग्रेज़ी शिक्षा का प्रभाव उनके व्यक्तित्व में परिलक्षित होता था। पत्नी से उनका छत्तीस का आंकड़ा जीवन भर बना रहा। अक्सर वह गांव में रहते और पत्नी बनारस में बच्चों को लेकर। दोनों एक-दूसरे के मामले में दखल नहीं देते। बच्चों की शिक्षा के प्रति दोनों पति-पत्नी जागरुक थे। उनके अपने हिस्से में जो गांव, ज़मीन, बग़ीचे और हवेली थी, वह इतनी ज़्यादा थी कि सिर्फ उसकी अच्छे से देखभाल करके ही उनका अब तक का शानदार जीवन चल रहा था। इसलिए भाई की संपत्ति से मोह होते हुए भी उसके लिए कोई असुविधा उठाने का उपक्रम कर पाने का उनका सामर्थ्य नहीं था। वह अपने बच्चों की उत्तरोत्तर प्रगति और विशेषाधिकार से संपन्न अपनी सुविधाजनक ज़िंदगी में मगन थे। उनका ज़्यादातर समय अंग्रेज़ी के जासूसी उपन्यास पढ़ते बीतता। और इसी तरह बीतते हुए जीवन के सारे दिन ख़त्म हो गए।

सभी इकट्ठा हुए थे उनके मरने पर। तीनों भतीजियां भी थीं। उनके पति-बच्चे भी थे। पट्टीदार-रिश्तेदार भी थे। राजीव, समर और उनकी बहन के बच्चे और ससुराली रिश्तेदार भी। क्रिया-कर्म निपटने के बाद सभी ने तीनों बहनों को घेरा। समझाइश शुरू हुई, जिसका लब्बोलुआब यह था कि बब्बन तो दूसरे-तीसरे हुए, पहले तो राजीव और समर हैं। सगे जैसे। बहनों के सब्र का बांध टूट गया था। उनका आहत मन रोष प्रकट करने से नहीं चूका, 'कैसे अपने? कब खड़े हुए ये भाई बनकर उनके इर्द-गिर्द? अम्मा-बाबूजी ने बेटे जैसा माना। दोनों को आग दूसरे हाथ नसीब हुई। आज कैसे पूरा परिवार इकट्ठा है? अब किसी को कोई ज़रूरी काम नहीं है? उस समय तो सभी व्यस्त थे अपने ज़रूरी कामों के साथ। नहीं आ पाए।'

माहौल भारी हो गया था। राजीव और समर ने आगे बढ़कर बहनों को गले लगा लिया। पल भर में सारा मलाल आंखों के रास्ते बह गया। बहनों ने पॉवर ऑफ़ अटॉर्नी बब्बन से वापस लेकर राजीव को दे दी। किसी ने एक बार भी कोई आपत्ति नहीं की। किसी ने नहीं कहा कि पावर ऑफ़ अटॉर्नी देने की ज़रूरत ही क्या है। तीनों बहनें छुट्टियों में गांव जाकर रहें। सब देखें-ताकें। आख़िर पहले भी तो वही लोग सारा हिसाब-किताब रखती थीं। बाबूजी तो सुबह से झोंक में रहते थे।

सारे कारिंदे, काश्तकार, किसान उन्हें जानते-मानते थे। कौन-सा ख़ुद हल जोतना था अपनी ज़मीनों पर? लेकिन ये बातें न किसी ने कहीं, न लड़कियों ने ही अपना जायज़ हक लेने-संभालने में कोई दिलचस्पी दिखाई। बाद के दिनों में राजीव ही सारा कुछ संभालते रहे। कितने भी व्यस्त रहने के बावजूद साल में दो बार मुख्य फ़सल के समय वह गांव जाते थे दो-चार दिन के लिए। लाखों की खेती होती थी। चाहते, तो जैसे समर के अकाउंट में हिसाब-किताब करके पैसा डालते रहते थे, वैसे ही तीनों चचेरी बहनों के अकाउंट में भी पैसा डाला जा सकता था। पर इस तरह उन्होंने कभी सोचा भी नहीं। वह कुछ ग़लत कर रहे थे, ऐसा भी नहीं सोचा। अगर सोच पाते, तो शायद न करते। ग़लत शब्द उनकी डिक्शनरी का सबसे निकृष्ट शब्द था। उनके जीवन में ग़लतियों की कोई जगह नहीं थी। पर अब सोच रहे थे, ख़ूब सोच रहे कि आख़िर देश में कितने ही माता-पिता ने स्वेच्छा से अपनी लड़कियों को अपनी संपत्ति का अधिकारी बनाया है। पिता के बाद ख़ुद-ब-ख़ुद सब कुछ उनका हो जाना था। उनकी ख़ुद की बेटी होती, वह भी ज़रूर उसे अचल संपत्ति देते। फिर इन चचेरी बहनों को उनका हक़ क्यों नहीं दिया गया? वे दीन-हीन याचक क्यों बनी रहती हैं? अभी कुछ दिन पहले पूनम की बड़ी बेटी का सेलेक्शन एक उम्दा प्राइवेट कॉलेज में हुआ था। उसने कितने संकोच से उनको ख़बर की कि पैसे का इंतज़ाम नहीं हो पा रहा। उन्होंने स्वयं आगे बढ़कर

बेटी का एडमिशन पुणे में कराया और मन-ही-मन अपनी दरियादिली पर फूले न समाए।

कभी तो नहीं सोचा इस तरह। अब रह-रहकर यह भरा-पूरा जीवन व्यर्थ गंवाया-सा क्यों महसूस हो रहा? किस चीज़ की कमी है उसके पास? शानदार जीवन था। कुछ भी अनपेक्षित नहीं। पूर्वजों के पुण्य-प्रताप का फल है या उसके पूर्व जन्म के कर्म, अब तक जीवन में कुछ भी नकारात्मक नहीं घटा। पच्चीस की उम्र में जीवन की योजनाएं बनाई थीं, वे सब बिलकुल उसी रूप में पूरी हुईं। पहला धक्का अरुज ने दिया था। पहली बार यह सचाई सामने आई कि बहुत अच्छी तरह बनाई गई योजनाएं भी फ़ेल हो जाती हैं। आपका वश सिर्फ अपने स्वयं के क्रियाकलापों पर होता है। अपने जीवन के हर व्यक्ति पर आपका नियंत्रण हो, ऐसा कतई ज़रूरी नहीं। अरुज ने अपने निर्णय से यह एहसास करा दिया कि वह एक परिपक्व मनुष्य की तरह अपने जीवन की ज़िम्मेदारी उठा सकता है। एक पुत्र के रूप में अगर वह अपने खानदान की रिवायतों को झटककर अपने पिता के निर्णयों से इतर अपना स्वयं का स्वतंत्र निर्णय लेता है, तो इससे उसका पुत्रवत रूप परिभाषित नहीं होता। उसने मनुष्योचित गरिमा के अनुकूल व्यवहार किया था। अब उसके इस व्यवहार से उसके अपने आहत हो रहे, तो वह क्या कर सकता था! जीवन में अगर चुनने का मौक़ा मिले, तो कौन अपना सुख गंवाना चाहेगा! आज उसके बेटे ने अपने सुख को आगे बढ़कर थामा था और सुखी था। पर वह स्वयं? सुखी तो वह भी थे अपने चुनाव के साथ। क्या सच में यही था उनका चुनाव? हाँ, था तो। अपने दिमाग़ से उसने यही चुना था, दिल तो कुछ और ही कह रहा था। पर जीवन तो दिमाग़ से चलता है। दिल तो कुछ भी कहता, उसका क्या। पर..

....पर यह चुभता-सा दर्द! आज एकांत में बीमारी से जूझते हुए अपना जिया हुआ सब ग़लत क्यों लग रहा! आज अगर यह जीवन ख़त्म हो जाए? ऐसे कैसे ख़त्म हो जाएगा। क्यों नहीं? रोज़ कितनी तो ख़बरें आ रहीं। कितने लोगों को इस महामारी ने असमय लील लिया। अच्छे-भले लोग, जो देखने में ख़ासे स्वस्थ थे, कोविड ने उन्हें लील लिया। फिर वह क्यों नहीं मर सकते थे? उनमें कौन-सी विशेषता है? इस अनंत में कितना मामूली-सा अस्तित्व है उनका। कीट-पतंगों से क्या ही ज़्यादा बिसात है उनकी। ओह! यह गुड्डो क्यों याद आ रही? अरसा गुज़र गया, पर आज याद आने मात्र से वह पूरा बीता वक़्त सामने ठिठका हुआ खड़ा हो जैसे। कितना मामूली जीवन था और उतने ही मामूली ढंग से एक दिन ख़त्म हो जाएगा। कुछ ग़लत को सही नहीं किया जा सकता क्या इस जीने और मरने के बीच के समय में?

एकाएक सोच कौंध गई तीव्र गति से, 'जो आज जीवन का आख़िरी दिन हो, तो मरने के ठीक पहले उसकी क्या विश होगी?'

अपने बैंक, प्रॉपर्टी संबंधी कागा़ज़ों को अपडेट करना चाहता? अपनी संपत्ति को अपने तीन वारिसों में बांटना चाहता? मरने के लिए जाते व्यक्ति के लिए कितना फ़िज़ूल है यह सब सोचना। फिर, फिर? हाँ, वह गुड्डो से मिलना चाहता। एक बार। उसे जानना था, कैसी है अब वह? कैसी दिखती है? अच्छा, फ़ेसबुक पर ढूंढे... आजकल तो सभी होते हैं फ़ेसबुक पर। हद है, अब तक यह ख़याल क्यों नहीं आया!

एकदम से यह ख़याल भी उठा, बाबूजी की सारी संपत्ति उनकी बेटियों को सौंपनी होगी। सोनम दीदी का बड़ा मन था बाबूजी के नाम से गांव मे स्कूल खोलने का। इस दिशा में भी काम करना होगा। ठीक हो जाएं, दुनिया कोरोना मुक्त हो जाए बस, तो जीवन में जो पाया है, उसका देय चुकाने की ओर जाएंगे। यह सोच ही हृदय में अपार शांति पैदा कर रही। इस आपाधापी से मुक्त होना होगा। मशीन जैसे काम किया है, भाग-दौड़ में लगे रहे। पावर, पैसा यह सब तो उनके बाप-दादाओं के पास भी ख़ूब था। पर दौड़ नहीं थी नामालूम को पाने की। और गुड्डो! जो पाने के लिए गुड्डो को खोना पड़ा था उसका मूल्य ही क्या था। जो थोड़ी-सी हिम्मत जुटा ली होती, तो अपना प्रेम न खोना पड़ता।

वह घर आ चुके हैं। शरीर भयंकर रूप से कमज़ोर हो गया है। अरुज, सुजाता और बाबू दिल्ली लौट गए हैं। पंद्रह दिन क्वारंटीन रहने के बाद दोनों ने अपना काम शुरू कर दिया है। सुजाता ने हॉस्पिटल जाना शुरू कर दिया है। फ़्लैट का बाहरी कमरा उसका है। बाबू अरुज के साथ अलग कमरे में रहता। अरुज घर से ही काम कर रहा। छोटा-सा बाबू भी स्थिति की भयावहता को समझ रहा। उसका मन शुरू में तो माँ के लिए हुड़कता था, पर अरुज के समझाने और उसके प्रेम ने उसे साध लिया। अब तो वह अपनी तोतली आवाज़ में माँ को हिदायत देता। फ़ोन पर आनेवाली कोरोना संबंधी गाइडलाइन, जो अब अमिताभ बच्चन की आवाज़ में आती थी, उसे रट गई थी और अक्सर वह उसे राइम्स की तरह अरुज और सुजाता को सुनाता। फ़ोन पर राजीव और सुमेधा और बड़ी दादी माँ से जब भी वीडियो कॉल करता, उन्हें कोरोना से बचने के लिए मास्क और सैनिटाइज़र इस्तेमाल करने को कहता। खाने की कोई भी चीज़ बिना हाथ धुले मुंह में नहीं डालता। कोरोना उसके लिए कहानियों के राक्षस की तरह था, जो कहीं से भी आ सकता था।

बाहर सब कुछ नार्मल था। अचानक से कोरोना की ख़बरें अख़बारों, न्यूज़ चैनलों से ग़ायब हो गई थीं। कुछ समय पहले एक ज़हीन युवा अभिनेता की आत्महत्या पर टीवी चैनलों पर चलती डिबेट का रुख़ अब कुछ राज्यों के चुनाव पर केंद्रित हो गया था। त्योहारों के मौसम थे। सरकार की एडवाइज़री को धता बताकर लोग सड़कों पर निकल रहे थे। दुकानों में ख़रीददारी कर रहे थे। कुछ लोग मास्क पहने होते, कुछ सोशल डिस्टेंस को बनाए रखते, पर ज़्यादातर इनके बिना ही दिखते। यों भी भारतीयों में एक विशेष ग्रंथि होती है, देखा-देखी काम करने की। जब आस-पास सभी लापरवाही बरत रहे, तो उन्हें सावधानी बरतकर अनोखा नहीं बनना। बीच-बीच में वैक्सीन आने की सुगबुगाहट होती। मज़दूर, मेहनतकश, निचले तबके के लिए कोरोना-फोरोना कुछ नहीं था। महज़ दवा कम्पनियों के द्वारा उड़ाया शगूफ़ा था। लेकिन जिन्हें कोरोना हो गया था, जिनके परिजन इससे जूझ रहे थे या जिन्होंने अपनों को इस वायरस के चलते खो दिया था, वे अच्छी तरह इसकी भयावहता से परिचित थे। अक्टूबर बीत चुका था। हरसिंगार के फूल अब कम झर रहे थे। दिल्ली में एक दिन में सात हज़ार से ऊपर केस दर्ज हो रहे थे। दिल्ली कोरोना के तीसरे वेब से जूझ रही थी। वह अरुज को सावधानीपूर्वक रहने की ताक़ीद देते रहते थे।

ज़िंदगी की क्षणभंगुरता पूरे वीभत्स रूप में सामने आ रही थी। अप्रत्याशित मौतें दहशत पैदा करतीं, तो दूसरी तरफ़ रिकवर हुए लोगों की तादाद आशा का संचार करती। अपने प्रियजनों को बचाए रखने के लिए हर व्यक्ति ईश्वर से दुआ करता। अगले ही पल दुआ में उठे हाथ ढीले होकर लटक जाते। ईश्वर के लिए वह और उसके अपने क्यों बाक़ी सबसे ज़्यादा महत्त्वपूर्ण होंगे! आख़िर उन्हें क्यों छोड़ देगा काल? क्या विशेष है उनमें? प्राकृतिक आपदाओं में अमीर-ग़रीब, अच्छे-बुरे, विशेष-साधारण सभी तरह के लोग प्रभावित होते हैं, जान से जाते हैं। बचे हुए लोगों में भी सभी तरह के लोग होते हैं। संत, अपराधी, गृहस्थ, कामगर। मृत्यु के पंजे भेदभाव से रहित होते हैं।

राजीव ने फ़ेसबुक खोला और सर्च में जाकर गुड्डो टाइप किया। कई सारी प्रोफ़ाइल्स खुल गईं। वह एक-एक कर देखने लगा। किसी को भी देखकर ऐसा नहीं लगा कि यह गुड्डो हो सकती है। कितनी अलग थी वह। पर मात्र पंद्रह-सोलह वर्ष की लड़की और कैसी हो सकती थी भला। कितना कुछ वह नहीं जानती थी। कितना कुछ उसने पहले नहीं देखा था। अपनी छोटी-सी दुनिया के बाहर की हर चीज़ उसके लिए आश्चर्य की वस्तु थी। और जब वह उससे मिला था, तब तक उसकी दुनिया कितनी ज़रा-सी थी। वह ज़रा-सा जानना ही तो उसका इनोसेंस था, जो उसके प्रति चुम्बकीय आकर्षण पैदा करता था। क्या इतना सारा समय

बीत जाने पर भी वह वैसी ही रह गई होगी? जीवन किसी को नहीं बख़्शता। जीवन की ठोक-पीट इंसान को हर दिन बदलती है और कभी-कभी ये बदलाव अकल्पनीय होते हैं। क्या करेगा वह अब उससे मिलकर? कहीं उसका मैनरिज़्म टूट न जाए। अतीत की कुछ ख़ूबसूरत यादें वैसी ही बनी रहें, तो बेहतर। जीवन के मरुस्थल में ठंडी बयार की तरह होती हैं कुछ यादें। लेकिन छूटे हुओं को, भूले हुओं को एक बार ढूंढ़ लेने, एक बार देख लेने में हर्ज ही क्या है?

अरे, पर गुड्डो तो उसका निक नेम था। पुकारने का नाम। और निक नेम से कौन अपनी आईडी बनाता। उसका असल नाम तो कुछ और था। कुछ तीन-चार या शायद पाँच अक्षरों का। क्या था? याद नहीं आ रहा। उसकी अंग्रेज़ी की कॉपी में लिखा तो था। ऐसे कैसे भूल गया वह? आ जाएगा याद। वह ढूंढ़ लेगा उसे, ज़रूर ढूंढ़ लेगा। वह मिल जाएगी, ज़रूर मिलेगी, मिलेगी क्यों नहीं? इस दुनिया में होगी, तो वह ज़रूर ढूंढ़ लेगा।

किसी ने कहा भी तो है, 'जहां गहरा प्रेम है, वहां हमेशा चमत्कार होते हैं।'

नीलम से ही पूछ लेते हैं।

नीलम कुछ देर चुप रह गई थी। क्या सचमुच उन्हें गुड्डो की बाबत कुछ नहीं पता? नहीं ही पता होगा। आख़िर कौन बताएगा उन्हें? गुड्डो के बारे में कभी कोई बात चली ही नहीं।

'भइया, गुड्डो अब नहीं है।'

'नहीं है? माने?' उसका दिल ज़ोर से धड़क उठा।

'उसे गए तो बहुत दिन हो गए।'

'कब?' उसके दिमाग़ में उभरा 'कोरोना।'

'बहुत पहले। उसी साल, जब आपकी शादी हुई थी। शायद चार-पांच महीने बाद।'

'क्या हुआ था उसे?' उनकी आवाज़ हकला गई थी।

'कुछ पता नहीं चला था। बस पेट में दर्द रहता था।'

इस ख़बर ने उन्हें सन्न कर दिया। अचानक उन्हें बहुत रोना आने लगा। वह वॉशरूम में जाकर कमोड पर बैठ गए। आंखें निशब्द बहने लगीं। गुड्डो सामान्य मौत मरी थी? नहीं। उन्होंने उसकी हत्या की है। वे विश्वास से भरी आंखें, वह

सादा-सा चेहरा, जो पूरी तरह भूला जा चुका था, अब यों सामने आ गया, मानो उसे कभी भूला ही नहीं था। राजीव की हर बात उसके लिए पत्थर की लकीर थी, अपरिवर्तनीय! उसका राजीव झूठा था, यह बात असहनीय पीड़ा से उसे कुतर रही होगी। कब तक इस पीड़ा को वहन कर पाती उसकी ज़रा-सी जान। आख़िर वह चली गई। अजीब है न, वह काफ़ी पहले इस पृथ्वी से रुख़सत हो चुकी थी और वह जीता चला आ रहा था सालोसाल। लिली का फूल थी वह नाज़ुक-सी। जीवन का पहला दर्द उसे उस व्यक्ति से मिला, जिस पर उसे अटल विश्वास था। उन्होंने अपने हृदय में तीखा, टीसता दर्द महसूस किया। बेचैनी और घबराहट भी। वह पसीने-पसीने हुए वॉशरूम से बाहर निकले।

फ़ोन की घंटी बजी थी। सुमेधा बात कर रही थी। बात करते हुए उसके चेहरे का रंग उड़ गया था, आंखें आंसुओं से भर गई थीं। मैंने कहा था, 'अभी मत जाओ। वहां स्थिति ख़राब है। फिर सुजाता का हॉस्पिटल जाना...'

'क्या हुआ?' राजीव की आवाज़ कांप गई। सुमेधा ने फ़ोन राजीव को थमा दिया, 'अरुज है। तीनों कोविड पॉज़िटिव। और आपको क्या हुआ? चेहरा पीला? यह पसीना?'

'तुम शांत रहो।' कहते हुए राजीव ने फ़ोन कान पर लगा लिया। उधर से अरुज बता रहा था, 'पापा, सब ठीक है। ज़्यादा चिंता बाबू की है। वह अस्थमेटिक है न। ममा से कहो, उसके लिए प्रेयर करें।'

'हाँ, हाँ, सब ठीक हो जाएगा। तुम घबराना नहीं।' राजीव कुमार अरुज को सांत्वना दे रहे थे, पर उनकी आवाज़ कांप रही थी। एकाएक उन्हें लगा, एक मनहूस साया उन्हें अपनी गिरफ़्त में ले रहा है। कोई भी प्रार्थना उनके मन में नहीं उग रही। एक असहायपन में घिरे हुए वह लड़खड़ा गए है। सुमेधा उन्हें संभालती हुई सोफ़े पर बैठाती है। उन्हें अपने हाथ-पैर लुंज होते-से महसूस हो रहे।

बेहोश होते हुए उन्हें सुमेधा की आवाज़ दूर से आती लग रही।

'घबड़ाइए मत, सब ठीक हो जाएगा। क्या हो रहा है आपको? मैं अभी डॉक्टर को बुलाती हूं।'

'हां, सब ठीक ही हो जाएगा।' होश खोते हुए शायद यह एक अंतिम बात प्रार्थना की तरह कहीं उनके ज़ेहन में अटकी थी।

• • •

और अब अंत –

बात नीला की। जीवन के तिरपनवें वर्ष में अपने जीवन की सबसे बड़ी ख़ुशी, अपने पुत्र के विवाह के दिन जो कुछ उसके साथ हुआ, जैसा आसमान उसके ऊपर गिरा, सबने उसके जीवन के रिदम को छिन्न-भिन्न कर दिया था। जैसे-जैसे समय गुज़र रहा था, टीस और बढ़ रही थी। मन, जो कभी अशांत नहीं होता था, अब लाख प्रयत्न के बाद भी शांत नहीं होता। भीतर कोई बवंडर-सा उठा रहता है। कैसे एक झटके में उसका संसार धुंधला-सा महसूस होने लगा था। वे चार शब्द उसकी अब तक की जी हुई सारी ज़िंदगी पर भारी पड़ रहे थे। उनके बोझ-से वह दब रही थी।

कितनी निश्चिंत ज़िंदगी थी अब तक। कितना कुछ आराम से होता जा रहा था। एक शानदार ज़िंदगी थी। संभ्रांत और समृद्ध परिवार में जन्म। नामी स्कूलों-कॉलेजों से पढ़ाई और समय पर अपने बराबरी के परिवार में विवाह। ऐसा परिवार, जहां समृद्धि के साथ शिक्षा और संस्कार भी थे। औरतों को पूरा स्पेस था अपना करियर बनाने का। उसने भी हमेशा काम किया। किसी पर निर्भर नहीं है वह शुरू से। पर फिर भी आज वह स्वयं को इतना बेचारा क्यों पा रही? अपने जाननेवालों में वह एक स्ट्रॉन्ग लेडी मानी जाती है। फिर कैसे कमज़ोर महसूस कर रही है स्वयं को। यह उसका संसार, जिसमें ढेर सारे मायके के संबंध, ससुराल के संबंध, उसके बेटे, बहू, मुम्बई, दिल्ली, वाराणसी, गांव के मकान, खेत, लॉकरों में, घर की अलमारी में रखे जेवर, प्रॉपर्टी के काग़ज़ात, गाड़ियां, एक-से-एक क्लासी साड़ियां, कपड़े, बर्तन, बिस्तर, फ़र्नीचर, क्रॉकरी कितना कुछ अगड़म-शगड़म। आजकल इन चीज़ों से मन उकताया-सा है। भीतर गहरे कहीं जमकर एक उदासी बैठी है। हर वक़्त दिमाग़ खदबदाया रहता है। ख़ुद को कटघरे में खड़ा पाती है। हर वक़्त प्रश्नों से घिरी हुई। बाहर सब सही सलामत है। समर भी निश्चिंत होकर अपने काम-काज में रमा हुआ है। उसे पता है, नीला कुछ बिगड़ने नहीं देगी। उसने माफ़ी मांग ली है। नीला ने माफ़ कर दिया है, ऐसा वह मान चुका है। ख़ैर! और किया भी क्या जा सकता है। हृदय में जो फांस चुभी है, जीवन उस फांस के साथ ही बिताना होगा अब।

पर क्यों? फिर उसमें और अन्य औरतों में क्या अंतर है? उसका स्ट्रॉन्ग लेडी का मनभावन एहसास, जिसमें वह ऊब-डूब थी, उसका क्या? पति की बेवफ़ाई पर उसे माफ़ कर चुपचाप पहले की तरह सुखपूर्वक ज़िंदगी बिताना। कभी-कभी आत्मदया से लिसड़कर अपने ऊपर दो आंसू बहाकर फिर नॉर्मल हो जाना...

लेकिन यह लेकिन जब-तब उसके भीतर एक बड़ा-सा प्रश्नवाचक चिह्न बनकर सब कुछ उथल-पुथल कर देता है। तब सिर्फ एक ही आवाज़ पूरी ताक़त से जैसे कहती है, 'छोड़ दो नीला, समर को छोड़ दो।'

उफ! आसान है यह? समर को छोड़ना मतलब एक पूरा संसार छोड़ना, जो उन दोनों का था। जिसमें उसने अपने आपको कितना ख़र्च किया है। आसान कहां था सबकुछ। नौकरी, बच्चे, घर, रिश्ते सब अकेले संभाला, सहेजा। समर तो अपने करियर में बिज़ी थे। अक्सर टूर पर देश-विदेश के। कभी बच्चों, कभी घर, कभी अपनी नौकरी की वजह से वह कभी साथ नहीं जा पाती। नहीं तो आधी दुनिया घूम लेती समर के साथ। समर ने कभी कहा ही नहीं। समर ने तो कभी यह भी नहीं कहा, 'नीला, क्यों अपने को थकाती हो? छोड़ दो नौकरी। बाद में तो वह ख़ुद नौकरी में अपना सुकून पाने लगी थी। इंटरनेशनल स्कूल में प्रिंसिपल थी। सैलरी के साथ ख़ूब सम्मान भी था। बच्चों के पढ़ाई के सिलसिले में बाहर चले जाने पर यह नौकरी उसका सहारा थी। समर की व्यस्तता ने उसकी कितनी ही ख़्वाहिशों को होल्ड पर रखकर भूल जाने पर मजबूर कर दिया। इन सब के बीच वह अपने को भरी-पूरी समर्थ औरत समझती रही। एक बहुत सुखी और प्रतिष्ठित जीवन।

समर से अलग होते ही वह सिर्फ नीला रह जाएगी। सिर्फ नीला रह जाना क्यों मुश्किल है! सवाल उठेंगे। ससुराल, मायका, बच्चे, बहू, बहू के परिवार, रिश्तेदार। हर चेहरे पर एक सवाल। शादी के तीस साल बाद यह कदम! क्या करे, सब भूल-भालकर चलने दे, जैसे चल रहा है। पर चाहने से सब भूल जाना संभव होता है क्या? भुलावे सच में भुलावे ही होते हैं।

यह वक़्त सिर पर एक बोझ-सा महसूस होना। समर और उसका एक दूसरे से आंखें चुराना। सबके सामने सामान्य रहने का अभिनय करना कितना थकाऊ है। वह इस सबसे निकलना चाहती है। हर वक़्त घुटन में नहीं जिया जा सकता। फ़िलहाल उसे इस सबसे अलग होना होगा। कहीं अकेले, बिलकुल अकेले रहना होगा कुछ दिन, कुछ महीने। शायद इन सबसे निकलकर वह ज़्यादा बेहतर देख-समझ पाएगी। उसके भीतर एक निर्णय उग आया है। अपना निर्णय उसमें थोड़ी-सी ताज़ा सांस लेने का एहसास भर रहा है।

अगले ही दिन नीला ने यूरोप ट्रिप के लिए ट्रेवल एजेंसी से संपर्क किया। अगले कुछ दिनों में उसकी टिकट वगैरह कन्फ़र्म हो गई।

उस दिन रात के खाने पर उसने यह सूचना समर को दी। समर अकबका गया।

'अकेले? साथ चलते न हम...'

'नहीं, मैं अकेली ही जाऊंगी। मुझे अपने बारे में, हमारे रिश्ते के बारे में कुछ समझना है। कुछ दिन अकेले रहना-घूमना चाहती हूँ।'

'बच्चों को पता है?'

'बता दूंगी उन्हें भी।' कहकर नीला अपने प्लेट से खाना खाने लगी। समर चुपचाप उसे देखता रहा। उसे थोड़ी घबराहट हो रही थी। नीला के चेहरे पर उसे कुछ अलग-सा दिख रहा था, कुछ न पहचाना-सा।

उसने हाथ मलते हुए गहरी सांस ली। आगे शायद जीवन वैसा न रहे, जैसा प्लान किया था। पता नहीं क्या हो, कैसे हो? कैसी असहायता-सी महसूस हो रही थी। एकाएक उसे कुमुद याद आने लगी।

उसे याद आया, वह तो उसे खो चुका है।

. . .

आभार

- उनका, जो अगर वैसे न होते, जैसे हैं, तो शायद यह कहानी ऐसे न लिखी जाती।

- मेरी स्कूल-कॉलेज की सखियां, हरीतिमा, जया, जिन्होंने उस समय गुड्डो की कथा में अद्भुत दिलचस्पी दिखाई और महज़ उन्हें पढ़ाने और उनकी प्रतिक्रिया जानने के लिए मैंने इस कथा को लिखा। शुक्रिया दोस्तों का मुझे सुनने के लिए और इस विश्वास के लिए भी कि मुझमें क़िस्सागोई की संभावना मौजूद है।

- फ़ेसबुक! तुमने मुझे अद्भुत दोस्त दिए, जिन्होंने उदारतापूर्वक मुझे अपना लिखा इस उपन्यास में इस्तेमाल करने दिया।

- शैलजा पाठक की कविता, ममता सिंह की 'बातें बेवजह की' के कुछ टुकड़े जैसे इस उपन्यास के लिए ही लिखे हों, यों फ़िट हुए। यों यह उपन्यास कुछ उनका भी हो लिया।

- इस उपन्यास में कुछ वरिष्ठ, कुछ समकालीन कवियों की प्रसिद्ध कविताओं को बिना उनकी इजाज़त लिए प्रयोग किया है। जो बतौर पाठक मुझे बेहद पसंद हैं। जिनका इस उपन्यास में होना इस उपन्यास को अद्भुत आभा देता है।

- और आख़िर में नियति के उस दुष्चक्र का आभार, जिसके कारण मुझे एक कल्पनाशील मस्तिष्क मिला और इस कहानी का आगाज़ हुआ।

www.ingramcontent.com/pod-product-compliance
Lightning Source LLC
Chambersburg PA
CBHW021246170726
47993CB00014BA/2366